节气之美·诗事：一鼓轻雷惊蛰后

王福利　著

内蒙古人民出版社

图书在版编目（CIP）数据

节气之美．诗事：一鼓轻雷惊蛰后/王福利著．——
呼和浩特：内蒙古人民出版社，2021.10

ISBN 978 - 7 - 204 - 16405 - 9

Ⅰ．①节… Ⅱ．①王… Ⅲ．①散文集—中国—当代
Ⅳ．①I267

中国版本图书馆 CIP 数据核字（2020）第 170235 号

节气之美·诗事：一鼓轻雷惊蛰后

作　　者	王福利	
责任编辑	王继雄	
责任监印	王丽燕	
封面设计	侯　泰	
出版发行	内蒙古人民出版社	
地　　址	呼和浩特市新城区中山东路 8 号波士名人国际 B 座 5 层	
网　　址	http：//www.impph.cn	
印　　刷	内蒙古恩科赛美好印刷有限公司	
开　　本	710×1000　1/16	
印　　张	12	
字　　数	176 千字	
版　　次	2021 年 10 月第 1 版	
印　　次	2022 年 1 月第 1 次印刷	
印　　数	1 - 2000 册	
标准书号	ISBN 978 - 7 - 204 - 16405 - 9	
定　　价	30.00 元	

如出现印装质量问题，请与我社联系。

联系电话：（0471）3946120　3946173

序 言

"人以天地之气生，四时之法成。"二十四节气是古人认识自然的特有方式，是冷暖阴晴、农事规律的诗意表达。二十四个词语轮序变换，每个词语背后都有着无数文人墨客为之增添的诗意。注解又让天地间的气候、物候有了更加生动的呈现。

二十四节气的名字就是二十四首诗。风是从哪里吹来的，雨落在脸上是凉是温，路边的野草何时枯荣，田里的麦黍何时黄熟，眼前的画面时时更新，只是一次转身，那些画中的颜色便随之淡远，唯有标记着一个个精彩瞬间的节气之名才能留得住一个个瞬间画面的鲜活。一个名字可以装得下一个节气里的所有心动。最早写下这些名字的一定是一位深谙农事的诗人。

可借用一首诗记住一个节气。正是一首首被妇孺老少传唱了千古的诗篇，让本用于指导农事的节气有了衣食之外的情感寄托。想起一个节气时，或许眼前浮现的不是田间耕者顺时的劳作场面，而是一个诗人赋予这个节气的悲喜表情。一场春夜的喜雨，一场悲愁的凝霜，让读过一首诗的人永远地记住了一个节气的表情。诗里的人，诗外的人，都在同一个节气里，生出跨越时空的同一种情怀。

节气与诗词相遇、与诗人相遇，就有了太多欣赏不尽的美景，就有了太多诉说不尽的故事。许多诗人都有一个隐居田园的梦想，都想回归为一个无忧耕者，那样就可以更清楚地触摸到节气更迭中的细微变化，就可以更近距离地欣赏到身边每一片叶子的萌发与凋落，聆听到脚下一只小虫的醒来与酣睡，就可以更自由地在笔下流淌出千年不朽的诗篇。

只是，这些共有的梦想有时太远，有时太短。在节气轮回的田园里，在田垄间留下的长短诗行间，可以沿着梦想的足迹，探寻一个又一个关于诗人的故事，那里有过年少才高的轻狂纵意，那里有过半官半隐的世外闲逸，那里有过故人相送的千杯辞醉，那里有过漂泊游子的风雪夜归。真幻难辨的匆匆足迹，在风雨冷暖里磨浅了印痕，而令我们看到了如此真实清晰的节气故事。

是因为有了一位位诗人从春天的草木萌动里走过，从夏天的万物竞秀里走过，从秋天的飒飒金风里走过，从冬天的积雪晴日里走过，这才让二十四节气有了写不尽的诗情画意。

本书从与二十四节气有关的诗事入手，深入地探讨诗事和节气的关系，侧重表现诗情画意中的二十四节气，既有诗词歌赋的最新解读，也有文人雅士以及背后的故事和诗意，让读者在二十四节气的文化之旅中，看到隽秀诗事中的万千风流。

目　录

第一章　春 ……………………………………………………………… 1

一、立春 ………………………………………………………………… 2

春到人间草木知 …………………………………………………… 2

天地无私生万物 …………………………………………………… 5

二、雨水 ………………………………………………………………… 10

绝胜烟柳满皇都 …………………………………………………… 10

春雨染就一溪绿 …………………………………………………… 13

三、惊蛰 ………………………………………………………………… 17

启蛰候虫犹自闭 …………………………………………………… 17

一雷惊蛰始 ………………………………………………………… 20

四、春分 ………………………………………………………………… 24

画堂春，人间能得几回闻 ………………………………………… 24

少年游，轻风细雨不知愁 ………………………………………… 27

五、清明 ………………………………………………………………… 32

乍疏雨，洗清明 …………………………………………………… 32

扫墓踏青，梨花风起正清明 ……………………………………… 35

六、谷雨 ………………………………………………………………… 40

牡丹花期一枝贵 …………………………………………………… 40

谷雨茶，试煮落花泉 ……………………………………………… 43

第二章　夏 ……………………………………………………………… 47

七、立夏 ………………………………………………………………… 48

绿树荫浓夏日长 …………………………………………………… 48

小荷初露芭蕉绿 …………………………………………………… 51

八、小满 ·· 56

　　夜来忽梦荞麦香 ··································· 56

　　玉历检来知小满 ··································· 59

九、芒种 ·· 63

　　小麦覆陇黄 ··· 63

　　满城风絮，梅子黄时雨 ······················· 66

十、夏至 ·· 70

　　昼晷已云极，宵漏自此长 ···················· 70

　　半路蛙声迎步止 ································· 73

十一、小暑 ··· 78

　　倏忽温风至 ··· 78

　　小暑金将伏 ··· 81

十二、大暑 ··· 86

　　燎沉香，消溽暑 ································· 86

　　时暑不出门，亦无宾客至 ···················· 89

第三章　秋 ··· 93

十三、立秋 ··· 94

　　早秋惊落叶 ··· 94

　　暑赦如闻降德音，一凉欢喜万人心 ·········· 97

十四、处暑 ··· 101

　　我言秋日胜春朝 ································· 101

　　离离暑云散，荷花半成子 ···················· 104

十五、白露 ··· 109

　　一川白露下兼葭 ································· 109

　　露从今夜白，月是故乡明 ···················· 113

十六、秋分 ··· 117

　　燕将明日去，秋向此时分 ···················· 117

　　屋头明月上，此夕又秋分 ···················· 120

十七、寒露 ··· 124

　　岁晚虫鸣寒露草 ································· 124

清香晨风远，溽彩寒露浓 ·· 127

十八、霜降 ··· 131

    霜叶红于二月花 ·· 131

    风落木归山 ·· 134

第四章　冬 ··· 139

十九、立冬 ··· 140

    方过授衣月，又遇始裘天 ·· 140

    天水清相入，秋冬气始交 ·· 143

二十、小雪 ··· 147

    寂寥小雪闲中过 ·· 147

    小雪已晴芦叶暗 ·· 151

二十一、大雪 ··· 156

    夜深雪重折竹声 ·· 156

    天地无私玉万家 ·· 159

二十二、冬至 ··· 163

    亚岁崇佳宴 ·· 163

    寒风吹日短 ·· 166

二十三、小寒 ··· 171

    小寒天气蜡梅香 ·· 171

    冬宵寒且永 ·· 174

二十四、大寒 ··· 178

    大寒已过腊来时 ·· 178

    大寒却暖雪晴天 ·· 181

第一章

春

天地山川、草木鱼虫都在东风里苏醒：被东风吹化的冰霜化为春夜喜雨，被东风吹绿的溪水化为雨前茶香，被东风吹皱的碧池化为满城烟柳，所有的生动成为诗人笔下写不完的绝胜春景。

一、立春

春到人间草木知

立春从何时开始是由伸着懒腰的蛰虫决定的，还是由半融碎冰下的游鱼决定的？

聚会快结束时，发小提议一起去村外的小河边走走。正月里的鞭炮红屑似春风里的早绽碎花，开在生长于斯的村路边，一直开到有着最初记忆的童年。

在和煦的阳光下，童年里的小河泛着鳞波，那是一层新融浮水，流淌在薄薄的碎冰之间，薄得不能承受一个小小冰排甚至小小冰朵（gá）之重，只是被一尾小鱼轻轻一顶，那层薄冰就碎成了一波波涟漪。

被春风唤醒的草木山川以如此生动的表情迎接着迟来的人们。一生治学的南宋张栻在面对立春时节的生动画面时，禁不住脱口而出"春到人间草木知"，他的兴奋表情成为无名草木的深刻记忆。

说出如此触动人心的句子时这位诗人正走在"便觉眼前生意满，东风吹水绿参差"的春水之畔。这样充满欣喜的诗句应是他出任岳麓书院教事时所作吧？东风吹绿了初融河水，水面泛动的层层欢鳞，还有岸边萌动的草芽，无不让他想起学院的数千学子，眼前的粼粼波光恰似一双双求知的眼睛。

学者眼里的立春，到了民间，被称为"打春"。那是一声长鞭打在田间土牛身上，提醒着王侯黎民，莫忘春日里的躬耕大事。

一张张熟悉的面容在村外河岸擦肩而过，我在那些老去的背影里寻找一架牛车的吱呀声。"嗵嗵嗵"的真切低哞在身侧响起，回望时，却是拖拉机留下的深浅辙痕。

似追随着牛蹄印记，紧跟着年轻农人的步伐，在阡陌纵横间穿行，偶有几堆农家肥在地头闪现，像几头勤于农事的早耕老牛，没等响亮的鞭声落下，就已经耕完了眼前几亩良田。陪着那几头老牛的还有挥动着臂膀的农人，看不清他们的年纪，亦看不清手中挥动的是再次催促老牛的长鞭，还是抛洒肥料的长锨。

农人催促着老牛前行，土牛亦催促着少年易老。"南宋四大家"之一的杨万里刚刚写完"小荷才露尖尖角"的童趣，一转眼，就又写下了"土牛只解催人老，春气自来何事渠"的老去惆怅，想必也是春耕的鞭声催促才让他生出这般惆怅吧？

一生作诗两万余首的杨万里，其通俗浅近、自然活泼的诗句又何曾有半分老态？自幼勤奋读书、广师博学的他只是怕负了年华春光，不愿在光阴虚度中终其一生，所以才会生出"时光如金"之感，他以"却思归跨青山犊，茧粟仍将挂汉书"这样的古人勤读之事自勉，将传世佳句挂在耕牛弯角之上。

佳句洒落归路，冰衣溅落鱼尾，水边甜嫩的芦芽在贪婪的鱼嘴里咂咂有声。被春水游鱼启发的人们将吃春盘、吃生菜、吃萝卜谓之"咬春"，总想把春天咬在嘴里，细细咀嚼。

一双手，还是孩子般的动作，在残雪刚刚化尽的堤下，熟练地刨挖出一截白生生的芦根。在沁入心灵深处的清香中，顾不得洗净根上的泥土，只是像当年一样，用手捋了两三下，便塞进嘴里大嚼起来。那一丝若有若无的甘甜还夹杂着一丝微涩，还是曾经的味道，像身边不曾离开的几个玩伴，还是原来的模样。

任谁都陶醉在悄然而生的春芽里。生于晚唐的韦庄，前逢黄巢农民起义，后遇藩镇割据混战，才不逢时，因此发出"青帝东来日驭迟"这样的慨叹。还好他疏旷不拘、任性自用，虽晚年方得入仕，但丝毫不影响他的诗情，其时与温庭筠并称"温韦"。

有了这样的心性，才有了"暖烟轻逐晓风吹"这样拨动心弦的乐章，让所有听到弦声的人与他一起陶醉在春风暖烟里。无论时局如何动荡，词品骨秀的韦庄总能找到属于自己的一方春圃，为他自己、为他所安抚的一方百姓呈现出"雪圃乍开红菜甲，彩幡新剪绿杨丝"的别样景致。

被东风吹融的残雪随着和暖的地气升腾，即将化为润泽草木的春雨。东郊迎春的君王在一场春风一场细雨里，祈盼着年年丰足。

还是在这个村头，我们再次各自上路，像一个个农人走进田野，像一个个诗人走向诗意的远方。

天地无私生万物

冰封了整个冬天的土地禁不住东风的轻轻一吹。东风经过的地方，是可以触摸到的春天。

一走进大门，就有一簇迎春花闯进视线，不曾预料到它这么快地到来。门卫老大爷照例热情地跟我打着招呼，不只是我，经过这个大门的所有人都会被老人的热情与快乐所感染。

老人的笑脸是比东风更温情的风景，让经过的人时时感受到盎然的春意。

每年的春天是相同的，又因遇到的人不同，而在眼前生出不同的景致。

十二岁即能为诗作文的陆游，加之长辈有功，少年即被授予登仕郎之职，一幅生机无限的远景正在他眼前展开。春日时光是值得珍惜的，陆游写出"天地无私生万物"的时候，是怀着极大抱负的。

时局却也是变化莫测的，当他联想到"山林有处著衰翁"的情景，就会愈加感觉到春光的易逝，人也随时光易老。历经官场浮沉，身处飘摇江山，令他不禁发出"江花江水每年同，春日春盘放手空"的感慨，感慨着自己报国之心难酬，感慨着万里江山难复昨日繁华。

在立春的短暂时光里，每个生命都会有不一样的呈现，或者像诗人留下一首诗，或者像生命如此短暂的蛰虫，舒展开稚嫩的身躯，宣告着自己的存在。

细竹鸟笼在人们的笑声里摇晃，不甘寂寞的一对百灵鸟在笼中上下跃动，一声接着一声地婉转欢啼，似不知疲倦的歌手对唱。我走近鸟笼，小鸟叫得更欢了，老大爷说："它们以为你来喂食了，是在讨好你呢！"老大爷说着，把切好的小块苹果放进食盅里。我们一起欣赏着鸟儿啄食的神态，看着春阳在它们的靓羽上流转。

对于寒暖的感知，人要比一只鸟迟钝许多。晚唐诗人温庭筠被尊为"花间词派"的鼻祖，那些花鸟借助他的妙笔，为春天增添了情意无限。"长乐晨钟鸟自知"，看那只鸟啼于他隐居世外之时，鸟啼借着钟声传递着他的情思，此时他自己就是一只自由自在的鸟。

　　春光里的柳杏都是鸟儿的栖居地，"弱柳千条杏一枝，半含春雨半垂丝"。那枝娇杏伸向田间小路，似要挽留住来去的佳影，使人间最美的容颜常驻。更容易在春风里动情的是那丛绽于眼前的繁花，"花影至今通博望，树名从此号相思"，在相思的人眼中，树绿与花开只会引发愈浓愈重的春愁。

　　春的气息不觉让人加快了前进的脚步。潜隐了一冬的瘦鱼等不及碎冰全部融化，就急急地探出水面，在岸上人看来，那些黑黑背脊的鱼好似在背着冰块行走。

　　工作间隙时，从楼上望下去，门卫老大爷正把屋里的花一盆一盆地搬出来，在窗下的向阳处排开。

　　那些花似曾相识，有一盆原是放在会议室的，好久没人浇水，曾经干萎得只剩十几片半黄叶子；有一盆原是在门外垃圾桶边见过的，不知得了什么病，只剩下几枝秃枝。现在它们都在老人的手中起死回生，争先恐后钻出来的新枝嫩叶得以享受新一年的阳光雨露。

　　无形的春意似乎一伸手就可以抓住，却又抓不住。生平被收入《唐才子传》的罗隐，其才名早已显于天下，一朝高中进士，似乎如探囊取物。但命运就是要和他开玩笑，他一连考了十多次，最终还是榜上无名，却也留下了"十上不第"的称号。且看他在落榜之时写下的"万木生芽是今日"，这是何等乐观的心态！他照样还会漫步在万树新芽间，不曾因这些挫折而黯淡了生活情趣。

他也未曾消沉过，"远天归雁拂云飞，近水游鱼迸冰出"，他以一身傲气告诉世人，终有一天，自己会像凌云而飞的大雁、破冰而出的游鱼一般，在世间留下一个千古传奇。至少，他成了自己的传奇。

希望还在，今天所做的一切都有了非常的意义。看不见向下延伸的根脉，看不见根旁松土的蚯蚓，看见的只是在春阳春雨里一株年年增粗、年年愈绿的生命。

我问老人，是用了什么灵丹妙药，让那些干枯的花能够重现生机。性格开朗的老人故意带着神秘的笑容让我猜。顺着他的目光，我看见了窗下堆着的一堆新土，那是他用小三轮从田野里拉回来的，这些土还带着冰雪融化的湿润。

老人伸出像蚯蚓一样的手指小心翼翼清理着病花的根间陈土，然后将盆中换上新土。就是这么简单，花儿就被他从死亡边缘拉了回来。

天地无私，用不同的方式给予了世间生灵不同的馈赠。如果"元杂剧四大家"之一的白朴不是经历了兵荒马乱中的母子失散，不是经历了逃难生涯

里的真挚亲情，或许上天不会赐予他如此之高的艺术成就。"春山暖日和风，阑干楼阁帘栊，杨柳秋千院中"这样的佳句、这样的情致也只有怀着终身不仕的淡泊隐心，真正隐于世事之外，才能写得出来，才能体味到

其中的真味。

不破不立，立了春，就是新的开始，就将昨日种种全部抛却。

风吹在脸上，虽有残雪的微凉，但已不是刺痛肌肤的苦寒。借着一缕和煦暖阳，与一声鸟鸣、一株新芽对话，与它们一起展望新一年的美景。

二、雨水

绝胜烟柳满皇都

雨水滋润着大地，草木萌动着新芽。一行归雁飞过烟雨楼阁，怀着一颗颗萌动的初心。

我一遍一遍地抚摩着古城墙，那是被雨水淋湿的微凉和粗糙。我想用那份真实的触感告诉自己这不是在梦里，我也想告诉身边的人，我们此次的长安相遇不是在梦里。柳色如烟，恍如昨日，唯一不同的是，此时这座老城将名字改成了"西安"。

烟雨蒙蒙的故都容易让人忘记了岁月，包括自己的年岁。位列"唐宋八大家"之首的韩愈一边沐浴着长安古城的微雨，一边欣赏着"绝胜烟柳满皇

都"的景致，此时他已年届五旬，却依旧能有这样的清新之笔，这是因为这满城烟柳还是他年轻时的景致。

韩愈笔下的初春没有绮丽的辞藻，只是平常之语，却在淡淡几抹间绘就了意境超凡的画卷。"天街小雨润如酥，草色遥看近却无"，这样的小雨、这样的草色，怎能不让人恍恍惚惚、醉于画中？已分不清是置身哪条长街，还是被哪场小雨淋湿发际，抑或是已将己身融于那片草色。

东风解冻，融化了山川。土地升腾着暖意，将融化的冰雪变成一朵缥缈的云，变成一场诗意的雨。

我们在一道雨痕经过的轨迹里，走过古城的长街，寻找前朝的一抹浅浅足迹，像重复着无数次走过的长路。风轻轻拂动你的发丝，如同迷离的雨丝在我眼前舞扬，像从极远处飘过来的一阕琴音。青砖门楼外的一盏宫灯在若有若无的琴瑟遥寄里摇曳着，摇着摇着，就将门前经过的人摇到了初遇的青玉灯影里。

故园的故事也在雨打青灯里变得缥缈起来。生于南宋亡国之际的刘辰翁注定是回不到缥缈故国去了，他明明站在元宵节的灯下，却伤吟着"无灯可看"，叹息着"雨水从教正月半"。他之所以"无灯可看"，是因为在这场伤情细雨里，他的破碎之心，一半正寻找着曾经的两宋繁华，另一半正忍受着元兵攻陷宋都的无情践踏。

数次辞官不仕的刘辰翁只有在埋头著书、寄情诗文中，才能找回五百年前的自己。"五百年前"，那里有一个与他命运相似之人，那里曾有过胜似杭州的佳节，"曾向杭州看上元"，在那年佳节里藏着他的一份美好初遇。

"天一生水。"蕴藏着生发之气的雨水总是与新年的正月连在一起，让沉浸在元宵灯雨中的人们竞相萌发着对新岁的憧憬。

迎着细雨的脚步，循着青石老巷里的旧影新履，从一段古城墙走到城外的一溪碧水。水面上还笼罩着一层轻烟，让人看不清对面的柳丝缠绵，也将远处的楼台变得似假还真。我感受着身边人的真实温度，感受到两个人的心意相通，将共同的思绪寄予看不清的烟笼碧水。

虽然烟雨中的远方看起来那么遥不可及，但正是遥远的冀望，才让眼前的一切有了美好的寄托。唐末花间派词人韦庄的半生都在风雨飘摇的乱世纷争里度过，哪怕近六十岁才考中进士，也要借助一丝初春微雨，在词坛绽放出清丽动人的光彩，在读到他的"云淡水平烟树簇，寸心千里目"时，有谁会感受到一丝乱世中的绝望？

韦庄的远目所及不是君权更迭、个人荣辱，而是用一己寸心为那些战乱中的百姓提供一个暂可安命的寸土。在百姓充满渴望的眼神里，他自己也是一场带着无限希冀的贵雨。

雨水淋化了残冰，也融化了冰下水獭的报德之心。它将新捕的肥鱼摆在面前，像是要呈献给滋养万物的雨水。

微雨淋湿了眼角，还有一滴落在了彼此相知的心田。牵着身边人的暖手，

走过一川烟柳，听着几声雁归，不去细想现在是走在唐风宋雨中，还是汉宫晋竹中。

春雨染就一溪绿

一场春雨一场暖。敏感的草木在温柔暖意里萌动，贪婪地吸吮着滴滴甘霖。

茶杯里的绿芽在杯底轻轻翻了个身，像个熟睡的孩子在梦里笑出了声。我听见了一枝绿芽舒展开来的声音，也听见了它已经出发的脚步声。脚步声是从对面传出来的，来自那颗向着梦想前进的初心。我倾听着它的诉说与畅想，畅想着远方的诗意栖居，那里有安静的雨滴，有平静的日子。

无论身处何境，都要有一颗诗意的心。晚唐的韦庄被誉为"华岳三峰"，既写民间的疾苦，也写花间的雅致，动荡的世事从未将他的诗意生活泯灭。"春雨足，染就一溪新绿"，此时的韦庄应该正站在争战暂息的土地上，欣喜地看着溪边往来的众生，世间的安稳应该也有他的一份功劳。

在游者眼前的新绿里，在一对飞燕的嬉闹里，每一处被春雨洗涤过的景物都是如此动人。"柳外飞来双羽玉，弄晴相对浴"，绿柳与欢羽都欣喜于一场涤心澈神的细雨，在它们的世界里，每一场春雨都是那么值得期待。

一行归雁追逐着一朵初晴的云，一声声亲昵雁鸣融化了昨日的冰雪，大地上流过的清溪还带着一丝丝微凉。

我的记忆与他的畅想有了片段的重合。我想起来了，原来他的远方就是他经过的昨天——在一座大山的深处，我、他，还有许多人经过的那个小村，那处近乎与世隔绝的地方。我在他的目光里看到了小时候的自己，而他在小村孩子们的眼睛里看到了长大后的他们。

谁没有过这样的梦？梦里那双清澈纯净的眼睛一如山间的孩子。宋末元初的诗人蒲寿宬虽来自西域，却对这山间的雨后美景产生了与中原诗人同样的情怀。"塘边足雨水初肥"，是甘美的雨水润肥了水中悠闲的鱼，是一颗知足透彻的心渲染着岸边的依依柳绿。

在这样的春雨里，谁还记得归家？"龟曳尾，绿毛衣。荷盘无数尔安归"，慢慢游弋的寿龟正陶醉于舒缓的清风中，在散淡时光里披上又一层绿甲。一位诗人数着慢龟背上的层层绿甲，写下一首首《渔父词》，将迟迟不愿归去的脚步留在了山水深处。

大地上的所有生命都如新生婴儿般，大口大口地畅饮着。这份馈赠来自解冻的东风，来自由地气升腾而来的云。这样的雨发育万物，遍泽苍生。

他是孩子们的希望，那一双双眼睛正在远方等着他。我问他，这一去，是一年半载，还是三年五年。他用执着的目光告诉我，他已做好了一生的准备，用自己的毕生时光守候那些孩子的未来。

他像一滴春生万物的雨，洒向山间那片不知名的小草，在更远处，我看到一丛丛葳蕤，一簇簇花开。

雨水洒润着田园各处角落，纵横交错的阡陌之间便有了行行新绿、瓜果

飘香。晚唐诗僧齐己的一生经历了唐朝和五代中的三个朝代，被纪昀盛赞为

"唐诗僧以齐己为第一"，是游于天下的诗心，让他的诗意田园里，硕果累累。他笔下的"田园经雨水，乡国忆桑耕"，或许是存在于他的记忆，或许还停驻在他的儿时——在那里，在雨水润溉的田亩之侧，他骑在耕牛之背上，写出了稚童的纯净心境。

身老而心未老，"傍涧蔷薇老，隔村冈陇横"，傍涧而生的蔷薇在新雨流过新叶时，根茎已然老去，恰是这老去之身褪去了年少的华彩，那份无比轻松的心情重又回归到儿时的纯净。

让人心生温暖的除了渐升的温度，还有一份记忆中的感动，还有一幅想象里的美景。

此时我才知道，早在多年以前、那次偶然的经过，他就在那个世外村庄种下了一颗种子。那颗种子随着雨水敲击屋顶残瓦而韵动，随着初涨的山间溪流而欢歌，终于在此时忍不住钻出新芽。

嫩绿的初芽如萌发的初心，一旦吸足了水分养分，便抑制不住地长高，像路边等待的孩子那抑制不住的兴奋表情。

与冰雪一起融化的隐世之心，听着雨水敲击竹叶的声响，宛若天籁。元代诗人王冕同时还是画家、篆刻家，在世人的眼中，他性格孤傲，一生潦倒，也正是这份不染杂尘的清高，成就了他的诗画境界。独赏着"石林过雨水争出，溪谷转风云乱腾"，奔涌而出的溪水乱流让他想到了元末的乱世，让他看到了山外的风云变幻，他所能做的只是不让己身卷入朝代更迭的旋涡。

他选择了遁离，"休问当时有王谢，风流何似竹间僧"，自此遁于清幽的竹林。王冕自忖才高不输东晋王谢，以己之才，想享受高官荣华只是平常事，可是，再高的官位、再多的俸禄，一旦被套上权谋的枷锁，又何曾比得上竹林听雨的闲僧游乐？

它来时，悄无声息地渗进沃土；它走时，留下不知何时染绿的堤岸。或许只有水獭和大雁知道它的行踪。

雨水在玻璃窗上恣意流淌，似条条欢畅而下的山间清溪，流进了一亩亩静静的心田。让我们和溪边野草、梳妆欢燕一样，尽情沐浴在这场春雨中，洗尽铅华，轻身远行。

三、惊蛰

启蛰候虫犹自闭

惊蛰，原名为"启蛰"。对于酣睡的冬虫来说，"启"较于"惊"，更多了些天道与人道的情怀。

一本书，封面是浅敷的绿色，如启蛰似露将露的绿意。绿色里藏着一行字：岁月是一只小虫：是一个同在一座城却很少见面的旧友，是一种深藏在城市楼宇的情怀，在东风里启蛰。

仍带着余寒的早春让潜藏的生灵怀疑着时序安排。历仕南宋四朝的曹彦约，凭其恤民政绩、多谋善断，得到君王的东风厚意，却无力挽回寒笼江山的败局，他像一只无力改变时序无常的蛰虫，空自呓语着"启蛰候虫犹自闭，向阳梅子自能酸"，空自守着讲学传道、孝友以信天下的立身之则，心中暗藏

的隐隐酸楚只有自己知道。

　　他知道，袭人的春寒绝不是上天的本意，却还是故言"误成严冷非天意，说与人心作好看"，这样的话语是自问于心，更是问于世人：是天道之无常，还是人心之严酷？半眠半醒的生灵比昏聩无觉的南宋朝堂更能看清这丝丝寒意的本源。

　　在寒意未退的春阳里，翻开绿封下的文字，在那一瞬间，我仿佛听到缓缓苏醒的诗行在睁开蒙眬睡眼时的一声惊呼。有欣喜，有懵懂，带着满怀的希望，带着纯朴的动人。透过楼间窄隙照进来的一束光便是它们的所有希望。

　　惊蛰的雷声与布谷鸟的啼声终于让不愿动身的慵懒群虫恢复了清醒，小小身体开始活络起来。"过了惊蛰节，春耕不能歇"，而同时，磨快了的锄头也握在了勤于春耕的农人手中，从百虫头上的融土里划过。

　　百草与百虫一起舒展着，露出各自的生动表情，那些跳跃在眼前的文字让我看到唤醒这些文字的那个人脸上时时泛起的柔软笑意。只有他最懂它们，懂它们的欢喜，懂它们的声音，比草木蛰虫自己更懂。

　　生动的文字亦在等着一声春雷。当名为"景仁东园"的这处田园被唤醒时，"唐宋八大家"之一的苏辙写下了"新春甫惊蛰，草木犹未知"这样的诗行，也将自己的一种心境种在了新春的泥土中。不是草木不懂他的文字，而是让他连遭贬谪的当朝之君不懂他的衷情。

　　面对不公的命运，苏辙与他的兄长苏轼一样，表现出了超然物外的洒脱，以一句"安眠万物外，高世良在兹"将自己的余生寄予世外颍川，让自己放下一切，与园中草木一起长眠、一起苏醒。

田园的蛙鼓与叫醒眠虫的天神雷鼓遥相应和。此时发出的所有声音都是舒畅的，此谓三月发陈。此时宜"夜卧早行，广步于庭，披发缓行，以便生志"，那本尘封已久的《黄帝内经》始终是遵循着天道的。

同样遵循着天道物候的那只苍鹰在"化为鸠"之时，也化为书中文字，化为文字里迟醒的潜虫绿草。在这不同的世界里，我遇到了另一位旧友，遇到了另一个春天，我也看到了多少年后的旧友和春天。

潜藏于春之至深，于外界幻变总是带着几分迟钝，迟钝如南宋赵蕃，他奉祠家居三十三年，五十岁犹求知问学。他便是迟鼓的乡野之蛙，以自嘲更是自得的口吻道出了"惊蛰已数日，闻蛙初此时"的生活况味，让世人难以分清是蛙声来得迟钝，还是他的听力来得迟钝。我想应该是后者吧，因为他在"能如喜风月，不必问官私"的触景感怀里，道尽了官场的疲惫和世事的烦扰。

一夜间悄然醒来的桃花点缀着蛰伏生命的色彩，雨水也应时而落，梳洗着疲惫或倦怠的睡眼。世间所有的美好都是刚刚醒来。

走进一页绿意伸展的书香，紧追着一声声鸟鸣、一行行耕步，在不远的前方，能更清楚地听见一只只小虫的欢闹。

一雷惊蛰始

惊蛰的雷声是来自上天的一道敕令，不论是慵懒的眠虫，还是勤劳的农人，都会听命于雷声的催促。

走近村庄时，那"咚咚咚"的声音也随之近了，像是一声声春雷，其实是一波紧接着一波的擂鼓。我在有力的鼓声中，能想象出一个小伙子或一位已过半百的老人挥动臂膀不知疲倦的兴奋神态，那张面孔如此熟悉，那般情形如此熟悉。

敲鼓的人、被鼓声感染的人都随着鼓声而心潮澎湃，激荡着一份豪情。带着这份豪情，在新一年的春日里阔步前行。

入耳的雷声在田间听来愈加清晰。唐朝山水田园诗派诗人韦应物擅以田园景致反映民间疾苦，他眼中所见的惊蛰尽是农人的辛劳，还有自我的警励。在"一雷惊蛰始"的催促里，诗人看见了"田家几日闲，耕种从此起"的农家忙碌，看见了"丁壮俱在野，场圃亦就理"的田间热闹场景。

深知农人心中所想的韦应物代替田间农人道出了"饥劬不自苦，膏泽且为喜"的个中滋味。这些忙碌与辛劳对于躬耕身影来说早已习惯，微薄的收获就可以让他们欣喜不已，可是对于体恤民艰的韦应物来说，却感到了自我的惭愧，"方惭不耕者，禄食出闾里"。有此难得之情怀，难怪此首《观田家》成为其田园诗的代表作。

桃花也在等着这一声号令，像迫不及待走向田间的农人一样，迫不及待地履行"桃始华"之使命，让惊蛰以清新妩媚的姿容呈现出来。

街边的一树桃花摇曳在雷动的欢鼓里，像喜庆日子里的新娘用微颤的玉手将娇艳花朵别于发间。在那一瞬间，我在"桃之夭夭，灼灼其华；之子于归，宜其室家"的诗句里，恍惚于美得耀眼的花朵，分不清是新娘的笑脸融于一朵桃花，还是桃花的笑声淹没了众人的祝福。

炫目的桃花让所有人暂时忘却了所有忧烦，只看到令人欣喜无限的希望。南宋理学家、政治家、思想家胡寅即便因讥讪昏政而被放逐新州，在面对春日花开时，也忍不住心生愉悦。"蒨蒨弄池柳，煌煌然山樱"，他在想着有一天，自己的仕途也像池柳山樱一样，会遇到东风醒雷，或者，他也预料到那声荡涤尘世的醒雷即将到来。

胡寅像一位遗世佳人般等着心上人的琼玖相赠，等着明君的重托，"木桃得琼玖，耳属长谣赓"，堪比情人互赠木桃琼玖，也只有这样的忠臣才有爱国之心。

早春的婉啼是雷鼓的最美和声，欢啼了千年的黄莺亦如写下千年诗行的乡野隐士。

红绿鲜亮的绸衣，翩翩而舞的羽扇，引得绿柳边几对栖鸟艳羡竞啼。我想从活泼律动的身姿里看清喜庆锣鼓里的舞者年龄，却无从在舒展皱纹里寻

到岁月的痕迹。鼓点更密、秧歌更欢，轻盈的悦步比树间的黄爪更灵动、更优美。在这个喜庆的日子里，一切都是那么令人惊喜。

还有几声春啼是还未找到栖枝的孤鸣。唐朝"苦吟诗人"贾岛在他落魄的一生里，寻找一处栖身之所，虽深得韩愈的赏识，但终未改变屡试不第的曲折命运。他眼里的雀影是"双雀抱仁义，哺食劳劬劬"的劳苦，同一对飞鸟，在如此心境里，总是带着几分无奈中的坚持，他自己又何尝不是苦苦坚守着清贫呢？

贾岛也不知哪一天会如劳鸟般累倒在漂泊途中，"口衔黄河泥，空即翔天隅。一夕皆莫归，晓晓遗众雏"，年少家贫的贾岛过早地感受到了生活的艰辛，才会如此敏感地听出啼声里的孤独，感受到一种同病相怜的凄楚。

鹞鹰也在等待，等待在雷声中化形，获得新生。虽然只是仰望中的臆想，但代表了太多人想要改变现状的愿想。

鼓声，雷声，又加入了鞭炮齐鸣，燃起整个村庄的热情，新娘灿烂如花的笑容也在每个人的脸上延伸铺展。我能感受到一份同样愈加激动的心情，这份激动随着一队喜车的渐近而愈加不可抑制。

当新娘摇下车窗，向送嫁亲人挥手时，我能看见那一泓喜极而泣的泪眸。身后的鞭炮声如催变了生灵的雷声，让一个女子以新的身份走进新的生活。

蛰雷中的化形，只有一只鹞鹰、一个女子、一位诗人知道内因，只有自己能预知命运。南宋诗人舒岳祥，以七岁能作古文之才，本该受到朝堂重用，却身逢宋亡之际，只得退居乡间，守着"松声夜半如倾瀑，忆坐西斋共不眠"的长夜。在松声杂着雷声的不眠之夜，他忆起了意气风发的年少时光，或商议军国之政，或谈文讲道、游历山川，仿佛就在昨日。

谁又知道，他在长夜里等待着什么？"掩卷有谁知此意，一窗新绿待啼鹃"，又一年的春雷响彻山间，在乡民看来，此时的舒岳祥只是一个执教的老先生，没有人知道他心中深藏的隐忧，也没有人知道，他在稚童的琅琅书声里，正想象着大宋江山像一窗新绿般获得重生。

春雷响，万物长，或是沉睡的生命，或是等待的希望，都在同一时刻，听见了天外的清音。

在忽远忽近的雷声里，无论是听到了催促，还是听出了欣喜，我们都有一株新芽在心头开始萌动。

四、春分

画堂春，人间能得几回闻

天地阴阳，以平为期，人莫能外。到了春分，天地与人体的寒暑阴阳都达到了平衡，不冷不热，不急不缓。

徐徐春风掠过一池碧水，湖边一座古香古色的木屋在水光里荡漾着闲影。我沿着湖边柳径走进木屋，春阳正照进一扇落地长窗，窗前正有一对母子席地而坐，手里捧着各自心仪的书。两人身后是一排排书架，那些绿封红妆的书香在春日里正好蔓延。还有什么样的画面比此时更美？

一年中最好的时光便在此时。一生中最好的时光又在何时？南宋诗人仲并幼年时好学强记，年轻时进士及第，在流连于"溪边风物已春分"的美景时，应是他才华尽显的最好年华，但在字里行间似乎隐藏着他的几分遗憾，遗憾于错过了不该错过的。

他不想再次错过眼前美景，不想错过"水沉一缕袅炉薰"，不想错过"尽醉芳尊"。他宁愿沉醉于这样的春光，像春水醉了轻烟，熏炉醉了芳草。有过闲退二十年经历的仲并幸遇了此番景致之后，便不羡高位厚禄，唯有一声声感叹着"人间能得几回闻"。

声声鸟鸣也不会错过转瞬而过的春分。"元鸟至"，燕子听到了池边柔柳的呼唤，赶在春季还未结束，赴一场不曾迟到的约会。

那只轻盈的飞燕亦同我一样醉于眼前的静好时光，将优美的身姿一次又一次地留在镜水里。我想，它是准备把家安在木屋下吧，因为这也是我的想法。

在我的想象里，我未来的新家应该也有着一间临水的书房，水边有报春的杨柳，檐下有新筑的燕巢。当然，书房里还有自己亲手挑选的一本本书，如同燕巢里燕子一根根亲自叼来的细软草秆。

面对如此珍贵的春色，总是担心它太快地流走。仕于南唐、北宋两朝的徐铉，其率真自然的诗风正好可以描绘仲春之佳妙，且看"绿野徘徊月，晴天断续云"，平易浅切又思致深远的诗句颇近白居易的神韵。

然而，身为故国遗臣，徐铉在面对易逝春光时，还是带着丝丝伤感的，读着"燕飞犹个个，花落已纷纷"的伤词，一幕幕燕啼花落如在眼前。毕竟此朝的春光再好、啼声再美，也比不过远方故国的乡音。

春雷发声，伴着祭日的钟鼓。叫醒春分日的还有《荆楚岁时记》里的"架架格格"之声，先鸡而鸣，先民只等着这声欢鸣，然后入田而作。

随手在书架上抽出一本书，封面上几个娟秀小字——"小鸟闯进我屋里"——在手心里跳来跳去，止不住地欢啼。恰好在这样的春天读到这样一本书，还有书外的小桥流水、屋里静静看书的恬淡面容，所有的一切都是恰好。在恰好心静的时候，遇到恰好的风景，可遇而不可求。

鸟啼本无心，有人闻之喜，有人闻之虑，带来喜讯的春天，也带来时不我待的忧思。北宋"西昆体"骨干诗人钱惟演于春草烟波里感叹着流年催人老的无奈，"城上风光莺语乱，城下烟波春拍岸"，柳间的黄莺娇声在他听来却是乱啼不休，城外的流水清灵在他看来却是岸边惊澜。

读罢"昔年多病厌芳尊，今日芳尊惟恐浅"，我们方知，他是感叹着去日无多，怕自己的多病之躯看不到明春的芳草连天。越是难得的美景，越是那么害怕失去，更害怕自己的生命也与美景一起消逝。

这是一个季节的节点，亦是一个昼夜轮回的节点。从今天开始，白昼里的忙碌或悠闲越来越长。

书屋前的这条石子路从未像今天这样，走了那么久还没有走出这一处静园。暖融融的春阳也随着园中走走停停的闲步，放慢了西行的长路，半

靠在园外一栋高楼的楼角，迟迟不动不移。在迟日的等候里，我还可以随意地安排许多事，也可以什么也不做，与不肯落去的暖阳一起尽情享受满目春景。

一朵云，一片绿，哪怕一只飞虫，都是春日里的怡心景致。领导北宋诗文革新运动的欧阳修写下"南园春半踏青时"这样的闲诗雅句，应在那一段无烦无忧的年轻入仕之时。

在年轻人的世界里，前方的道路看起来如此平坦广阔，像今年春分一样的快乐时光似乎还有很多很长，"青梅如豆柳如眉，日长蝴蝶飞"，他的心情似翩然悠闲的蝴蝶般，恣意游飞在无限惬意中，与他同游的还有当时洛阳的青年才俊，他们的心情都是一样轻松无忧。

草木明显地感知到，眼前的春天是最宝贵的。它们努力地拔高身子，盼望着雨前的一道闪电。只是一个短夜，再经过它们时，就已认不出它们又高了一截的样子。

莫负这大好的春分，可以约三五知己，迎着柔风草香踏青，可以漫步春风十里，徜徉于燕飞蝶舞的长长堤岸。

少年游，轻风细雨不知愁

那只剪出细叶的春燕也剪出了一个季节的轮廓。它们的身影在春分的天空划过时,也划出了一个季节的分界线。

刚刚听到楼道里的轻盈脚步声,办公室的门就被一阵风吹开了。确切地说,不是风,而是一只轻快的"小燕子",是办公室新来的一个小姑娘轻快地飞进来。屋里充斥着的人到中年的沉闷气氛立时被她打破。

大家看到她,仿佛看到了一年中最好的季节、一个春天中最好的时日,仿佛看到了年轻时的自己。

谁都有过这样的年纪,只是有时还没来得及珍惜,已然中年。宋代的杜安世在写下一阕《少年游》时,应是错过了少年的美好时光,要不然不会有那么多的愁绪。他最不愿错过的是春分的花开,"轻风细雨,惜花天气,相次过春分",是渐次绽放的繁花让他在享受着无边美景的同时,生出一丝惆怅。

因为错过了某个人,他眼中的归燕也不是晨光里的欢语蜜言,而是带着黄昏的萧索落寞,"小楼归燕又黄昏""寂寞锁高门",本该是飞燕成双、春日晴好的时节,却因这满怀无法排解的心事而一任美景即逝。

唯有万亩新麦与易逝的春光年年相守,不负此生。"春分麦起身,一刻值千金。"奋力拔高身子的麦苗想要把身边的景色尽收眼底。

我从小姑娘的办公桌旁经过时,一本英语教材正打开着放在桌面上,封面上面标注着娟秀的字迹。工作之余,她又做着一份英语教师的兼职,虽然是为了给生活多一份经济保障，但更多的是为了给自己一份学习的压力。

我和她说，按你现在的条件，有一份稳定的工作，有一份优秀的资历，找一个各方面优秀的另一半，就已经可以了，何必还这么拼呢？她说，自己想得很简单，只是不想让自己的大好年华虚度。

最难得的是按照自己的想法，在认定的路上向前走。似那位南宋诗人、词人方岳，其诗质朴自然，其词风格清健，不畏强权，不倚高官。为了坚守着自身的风骨，他选择了隐于乡野，选择了"春风多可太忙生，长共花边柳外行"，朝堂之上无法施展报国之才，于是他就把隐于胸中的远志寄予这忙碌的春风。

他是想成为一缕春风的，想为脚下的大地奉献一己之力，"与燕作泥蜂酿蜜，才吹小雨又须晴"，他又何曾不是春风里一只忙碌的燕子、一只勤苦的蜜蜂，这一生都在田园之中忧思着家国天下。

只是不曾察觉，身边的改变都有着一个分界点，像一位诗人变成一个耕者，像一天的长度长过一夜的漫长，背后隐藏着春分的本义。

我没去过小姑娘兼职的辅导班，只是从只言片语中了解到她面对的那些琐碎难题，但她是个乐观的人，在白天的工作中丝毫看不出她有一丝疲惫之态。

我想象不到，一个小姑娘是如何把自己的精力平均分成两份。每个白天与黑夜，她都这样有条不紊地奔忙着，带着一脸自信，带着一身轻松，用自己的状态感染着身边的人。

被均分的白天与黑夜藏着不一样的自己。仕于唐朝中宗时期的崔融无奈

地苦吟着"明主阍难叫，孤臣逐未堪。遥思故园陌，桃李正酣酣"之时，想起了他的荣光与忧思：每当朝廷有大手笔，多交由其完成，他行文之华美，当时无出其右者，而从朝堂归来后的静夜里，他对君王昏聩充满了忧思。他被宠臣所害而贬谪之时，是难以谏劝的昏君让他尤其思念着一片故园，那里正是桃李争艳，正是喜人的春分。

花开花谢的春来春逝全由一位谨谨忠臣的心境而定，"春分自淮北，寒食渡江南。忽见浔阳水，疑是宋家潭"，在漫长的失意之路上，无心欣赏路边的春分景致，蓦然回首间，身后已无情地变幻了人间。一山一水都让他曾经的回忆一次次浮现。

春花繁华是为了忠臣而开，是为了秋天的收获而开。值此阴阳相半之佳时，栽植一棵棵小树，很快便会成长为一片树林。

键盘发出清脆悦音，在小姑娘有节奏的打字声中，那摞文件像一张张曲谱变成了一首首交响乐。沉浸在音乐声中，办公室里的每个人都随着节奏而在各自电脑前发出长长短短的和声。她更像是一个春之使者，在她经过的每个地方都洒下一片勃勃生机。

那头反刍的耕牛也听见了春之使者的召唤，仰盼着窗外的天明。清初八大诗家之一的宋琬应试县、府皆名列榜首，小小年纪便名噪京华。他的年少

成名缘于自幼的刻苦好学，"夜半饭牛呼妇起，明朝种树是春分"，农妇夜半喂食耕牛之时，他也正通宵苦读，用自己的辛劳浇灌着心中的理想之树。

他的为政理想是民间的喜乐，他在为官一方中，描画着"野田黄雀自为群，山叟相过话旧闻"的乡间远景。他也做到了在自己执政的短短光阴里，让那片土地上的黎民得以享受到短短的安稳。

在短之又短的春分里，还有太多的来不及。不知有多少古代帝王选择在春分祭日，在他们的祈盼里，希望那些来不及完成的梦想能够在明天实现。

二十多岁的美好年华与四十多岁的不惑中年都重新开始于春天里的最佳点，怀着最好的心情，一路互赏着各自的花开锦簇。

五、清明

乍疏雨，洗清明

清明的微雨蒙蒙除了寄托哀思，也洗润着万物。

细雨里的黄山连同染绿了半山的明前茶，从初遇开始，就总让人念念不忘。像年少时最初的梦境，每个片段都时时清晰地涌现于现实生活，让纷扰的尘世多了一份潜于心底的安舒。

朋友说，这是他第三次从黄山脚下经过，却再次无缘走进云雾深处。

他说这话时，杯中的黄金片浮浮沉沉，杯顶的香雾让眼前的山路愈加迷蒙。

错过了黄山，幸好没有错过这壶明前茶，闭上眼，可以感受到峰峦之间的湿润。

眼前的新安江也迷蒙在细细雨丝里，几只白鹭从半山腰斜掠而过，在江面上划出道道流影曲线，像一位来自北宋的婉约词人——柳永——随心而谱的曼曲：乍疏雨，洗清明。

同样的雨落在这一阙飘摇宋词里，也落在斑驳坑洼的青石路面，将角角落落、大小缝隙里的杂尘一遍遍地清洗着，焕发出青幽幽的神采。让原本平淡无奇的日子有了瞬间可至的诗意与远方。

生活中充满诗意的朋友最懂茶的心情，在他眼里，以口品茶是最低层次的品茶。我问最高的品茶境界是什么，他捧起眼前的茶盏，清碧如玉的香汤映着一颗温润通透的自在心。

我也将自己的身心观照于一棵棵毛峰新芽，此时之我正沐浴在时疏时密的清明微雨里。清清凉凉的雨滴落在崭新的芽尖上，雨丝滑过叶底细茸，能感受到一抹残冬的清寒。

一个人与一座山的相遇、一棵古茶树与一场细雨的相遇都在清明之节点。

在万物皆显的时节，也可以更明白，生命中与某个人、某件事的相遇都沿着固定的轨迹，就像今天的努力会在某一天获得收获。

透过渐淡的茶色，槛外流逝江水的纹理清晰起来，雨丝阻断于几声鹭鸣。茶汤亦渐凉，亦如在寒烟深锁的日子怀念着温度渐冷的逝去光阴。

我想，朋友第四次、第五次经过这里的时候，应会忆起此时此景：眼前的一座山、脚下的一条河、手中的一杯茶，和写下《长恨歌》的白居易在同样的心境中留下的袅袅弦歌——"留饧和冷粥，出火煮绿茶。"

人生的冷暖似眼前的一碗粥，一杯茶，一个是疲于奔波的现实，一个是独自享受的梦境；一个是逝而难返的过去，一个是永存美好幻想的未来。

冷粥与绿茶再次一同出现在我的视线时，是在另一座远山，与另一个朋友的茶会上。

彼时，青山深处，云雾依然。

茶会半开，故人继至。独有一座迟迟不见人来，座前清亮的茶汤早已变凉。

这空位上原本是一位生意做得风生水起、却又从未失却信念的老友，天道不公，身患绝症，去年此时还在一起品茶论道，今天却阴阳相隔，天高地远。众人默然独饮，不知是谁轻吟着北宋曹组"清明又近也，却天涯为客"的落寞。

笼在山巅的重重浓雾低低地压下来，似要凝成一滴滴离泪落下来，那条如蛇曲行的长路断断续续地隐现，看不到尽头。终有一天，眼前的朋友，包括自己，也会踏上这条不归的天涯路。

茶汤凉，清粥冷，匆匆的聚散，每次的相逢都随缘而至，每次的分离却都难舍俗世的感伤。

被我深藏在书柜里的明前茶，一年又一年，浸入了一滴又一滴的清冷润雨。我听不见它们吸吮天地雨露的声音，却能看得到它们在天青色茶盏里缓

缓地，缓缓地，舒展开各自不同的容颜。

或是"棠梨花映白杨树"，或是"萧萧暮雨人归去"，如同白居易诗里的寒食清明，窗外是新人欢笑，它们便是活泼的跳跃；回忆是落寞的感伤，它们便是安慰的表情，静卧在杯底，或者，不管眼前的物是人非，它们只是高兴着自己的高兴，悲伤着自己的悲伤。

包括清明的那场雨，或许也与雨中的人无关。

窗外的绿意愈浓，此时适合独坐桌前，听着雨声，想着一个朋友、一座远山，想着那些逝去的、未来的美好，与古树新茶神游物外。

扫墓踏青，梨花风起正清明

清明里的明艳花朵并不懂人的悲伤。当万物清洁明净的清明与祭祀先祖的寒食融为一个节日时，那些花便被人为地渲染了肃然的气氛。

村头的那片老梨树总是比别处开得晚，似乎是在等着远方的游子。刚刚下过一场雨，我陪着从远方城市赶来的亲人在阡陌间走过，阵阵梨花香飘过来，一抬头，树顶已是满天雪白。

来不及也无心欣赏梨花美景，更远的视线所至，是梨园那一侧的世界，那里有游子的亲人安眠，亦是游子的最终归处。

梨花开得越浓，树下经过的人所留下的惆怅越多。南宋诗人吴惟信所经过的是苏堤的梨花春风，他所寻觅的亦是飘摇时局里的归处。"梨花风起正清明，游子寻春半出城"，太多像他一样的游子是禁不住这样的清风梨花召唤的，一路之上尽是寻春踏青之人，尽是怀着复杂心绪的伤春之人。

风光留不住，终要经历一次次分离。"日暮笙歌收拾去，万株杨柳属流莺"，萦回晚风为恋恋不舍的人送行，不管那些人愿不愿意走。此时，反而羡慕那只流莺，羡慕它将自己的家安在清明杨柳间，可以随时沐浴在清风明月之中，杨柳的舞袂在月光里只为它们而舞，与离去的人无关。

可以欣赏一弯明月，也可以在澈净的天空等待那一弯彩虹。清明虹始见，清洁明净的视线里没有一丝杂尘阻挡。

这头是孩子一双澈净纯真的眼眸含着一汪思念的泪水；那头是无声无息的沉默，看不清时光渐远里的表情。

我在孩子脸上浮现的伤心里看到他沉浸在回忆里的孤独脚步。那些甜蜜记忆，那些与亲人共度的短短日子，永远印记在他的童年，陪伴他长大。世间最无私的、最难忘的莫过于这份亲情。

无数温馨或寂寥的记忆逝于这清凉月色。北宋词人张先于晚年退居湖杭之时，应是忆起了早年为官的经历，他于意兴阑珊中，写下"中庭月色正清

明，无数杨花过无影"。在他眼中，人生的繁华已成为过目的杨花，此时所能留住的唯有满庭的月光，照得心中一片空无。

清明月色也在召唤着忘归之人，不管他或他们何时归来，"芳洲拾翠暮忘归，秀野踏青来不定"，从懵懂少年到年少轻狂，直至耄耋之年，青草繁花的长路上有那么多美好的片段捡拾不完，行踪不定的人生在最后归途才得以安稳。

清明桐始华。被月光与微雨洗过的桐华亦如梦中呓语的风铃，一声声远去，一朵朵摇落，洒向世间一地花雨。

那张小脸上还挂着泪珠，转眼又被茅草的尖尖翠叶所吸引，叶间钻出的一抹白绒抚过破涕为笑的表情。

孩子的笑容与冥冥之中看不见的那张欣慰的面容是有着心灵感应的，不然，那双来自城市的小脚不会那么轻快地奔跑于高低田埂间，即便跌倒了，也会溢出一串串咯咯的笑声。此情此景是一位老人安享天年、一个孩子无忧童年的真实片段。

所幸有这些片段填充失落的感怀。先后仕于晚唐与前蜀的韦庄在追忆起往昔在江南、洛阳的经历时，可以聊所慰藉此时的乱绪，反复吟念着"游人记得承平事，暗喜风光似昔年"，句句声声融注了漂泊的无奈、离乱的苦痛和思乡的愁怨。

一幕一幕都是如此难忘，今天故地重游时，那些昨日的情感情不自禁地奔涌而出，所喜的是，此身仿佛又回到从前。故园芳草复绿，带给他的只有更深的感伤，"岂是伤春梦雨天，可堪芳草更芊芊"，是雨，还是泪？回望来处，宛如一场春华空梦。

本来是指导着农事的清明，被感伤的人们赋予了特别的意义。在东汉的《四民月令》里，清明所代表的只是一件简单的蚕事。

从城市来的孩子把成年人的回乡祭扫简单地理解为一次户外踏青。我们还在等着墓前的纸钱燃尽，活泼好动的孩子已把刚才的伤心抛在脑后，顺着绿意舒展的麦垄，跑得很远。

成年人又何尝不想做一个思想单纯的孩子？追着孩子的脚步，少了几许沉重，多了几分欣喜。在城市里压抑已久的心情，在田间的奔跑里，像长长绿叶般舒展开来。

回归田园是千古游子的共同梦想。南宋爱国诗人陆游一直到年近八旬的致仕之年，才得以享受有限几年的稼穑之乐。他早已厌倦了官场的浮沉，"世味年来薄似纱，谁令骑马客京华"，如果不是金兵的铁骑侵扰，力主抗金的陆游不会在南宋的飘摇政局里停留过久，他早就回到了山阴故居。

不管离家多久，回家的路总在前方，"素衣莫起风尘叹，犹及清明可到家"，草木生长的清明与祭扫凭吊的清明都是陆游归家的节点与时限。虽然一袭素衣上沾上了疲惫的风尘，但还好赶在清明之前回到了日思夜想的梦里家园。

介于仲春与暮春之交，融入了草木的欣喜与游子的伤怀，清明承载了几千年的情思，牧童的一次遥指让路上的行人看到了前方的归处。

且珍惜这一刻的草长花开。逝去的过往，终是留不住；能留住的，唯有眼前清晰而真实的画面。

六、谷雨

牡丹花期一枝贵

雨生百谷，是为谷雨。

这百谷与谷雨生长在周礼的公田里，生长在仓颉的文字里。雨落处，知花信，还有一枝牡丹生长在十三朝古都中。

我在心里藏下一朵千年的谷雨花，奔赴千里的洛阳，赴一场未曾相识的约定。车窗外姹紫嫣红的余彩快速流逝于紧紧追随的视线，似乘一叶快舟，唯恐错过了春末最盛大的花期。

今年，布谷鸟的催促声响起时，我又问她，洛阳的牡丹开了没有，如同元代王恽问好友的那一句："问东城春色，正谷雨，牡丹期。"她又在网上留

言，这几天是开得最好的时候，快来城南的牡丹园吧。我继续发给她一个充

满期待又无法确定的表情。

我和元代的王恽有着相似的遗憾，他负了好友的谷雨之约，我负了好友的洛阳之约。好在王恽把去岁的花开移到了今年，那朵朵雍容华贵的"红烂灯枝"持久地绽放在诗情寄语中。正直谏言、人格高贵如牡丹的他，对花畅饮，吟出了"归纵荼蘼雪在"，饮的是酒中荼蘼，赏的是花事荼蘼。

忠君报国的良臣、忠于农事的布谷，眼中所看到的都是生民养民的黍麦田亩。"鸣鸠拂其羽"，布谷鸟一边欢啼提醒着忘了农事的农人，一边在魏紫姚黄间梳理着新生靓羽，一只小鸟的勤奋与灵动呈现着谷雨时节的画中物候。

她便是那只画里的鸣鸠，年年相遇在千里花开，却从未真实地靠近。忘了在哪个群里相识，第一眼是被她充满古典气息的头像所打动，像从汉唐走来，像开在古都的纤素牡丹。包括她随手写就的一诗一词，带着出尘的古韵，不沾人间的一丝烟火。

后来，读到唐末王贞白的"谷雨洗纤素，裁为白牡丹"，才找到可以形容她的诗句。有过随军出征经历的王贞白笔下的牡丹自然不同于俗脂艳香，他将不染杂色的朵朵纯白沐浴在沙场上的月华寒光中。

王贞白眼前这"晓贮露华湿，宵倾月魄寒"的花中仙子也是自己的高洁傲世所寄，他三十五岁就从官场隐退，过起了饮"露华"宿"月魄"的隐居日子。这样的一朵花必然不屑与俗世之花竞芳。

开在极繁华处，却不与百花争春，此花开尽，春事亦尽。春天的最后一个节气，只有冠绝群芳的牡丹才堪当此重彩，此时萌动的浮萍、桑间的戴胜，包括被称为花相的芍药，只是花王牡丹的陪衬。

正是她的超凡脱俗，让网络另一端的我始终觉得她如月光一样遥不可及。我不曾痴想与她并肩绽放，只愿做一朵迟来的芍药，甘心做她的陪衬。我也不知道，屏幕那边的她是否将我视为一叶浮萍，在漂泊不定的旅途里陪她绽放。

此时，与她隔着万重月光的我也理解了北宋曹组写下"东风既与花王，芍药须为近侍"时的心境。对六次应试不第的他来说，那些繁华过眼的功名是那样高不可及，"三月春光，上林池馆，西都花市"，朵朵压枝，却没有一枝属于他。虽然后来他因才思出众而沐皇恩，但终究是点缀在北宋高高朝堂上的几点芍药。

国色天香，赋予一朵花至高的荣耀。当一朵众人争睹的盛世之花与谷雨相遇，便与忙于播种的农人一起闪动着喜悦的容光；与古城相遇，便与亦幻亦真的册史一起烁动着璀璨的珠华；与某个人相遇，便与流转千年的故事一起泛动着聚散的微澜。

乘着时间的火车，从谷雨出发，趁一朵牡丹还未褪尽芳华，赴一场千年之约。

谷雨茶，试煮落花泉

暮春里的谷雨，落尽繁华，开始为一枝孕穗的登场做好充足准备。

滋养了越冬麦田的沃雨也落在青山深处的一抹新芽上。此时登场的谷雨茶饮来最是滋养心情。

刚刚建起的学习群里，晚饭后有人发起邀约——欢迎新朋旧友前来品茶论道，还附了特别说明，所奉之茶是谷雨雀舌，所谈之道仅限于纯文学交流。如洒向田亩间的一场润雨，群里的同期培训诸友纷纷响应，在看不见的微信表情里，开始氤氲着茶香。

同饮一壶茶，同享山间所赐。这份相知，我在晚唐诗僧齐己的"且招邻院客，试煮落花泉"诗中可以找到同样的感受。我所遗憾的是不能像出家为僧的齐己那样，放下俗世所累，游历于山川，但我也得以享受与他同样的知己同饮之乐，与天各一方的暂聚之客共品谷雨新茶。

如雾如雨，如烟如霭，"春山谷雨前，并手摘芳烟"，我面前所呈现的幻景与这句诗的主人应是同一座山，在刹那间，我甚至猜想有一丝心灵的相同感应。那缕烟雾在一位诗僧的禅修中亦化为佛前的青烟，飘入波澜不起的静心。

在生化麦谷的落雨中，一方静池化生出叶叶浮萍，似撒在水中的粒粒种子，一旦发芽，就飞也似的长大。

饮茶者众，却如此安静。我本不懂茶，初时，也不懂"雀舌"之义。我忍住了好奇地探问，也像其他茶友一样，将自带的茶盏置于主人面前，没有过多的言语，没有专门的茶具，因陋就简的茶事并不影响人们饮茶的心境。

这场茶事的主人手中所持便是宾馆里的普通热水壶。增了意境的是他手边的白瓷茶罐，罐上点缀的正是星星点点的浮萍，随着淡绿茶汤的浅斟慢酌，青萍止不住地荡漾。

两三枚叶芽在一汪浅绿里闲闲慢慢地浮游。有这样的闲淡之境，宋代诗人陈允平也会生出"浮龟碧水，听鹤丹山，采屋幔亭依旧"的想象。仕途上没有受到重用，反而让他有了大把的时间用来闲看山水、漫游吴越。山水依旧，因有了闲心逸趣，画里的色彩也随之丰富起来。

散漫的生活让诗意的想象有了恣意生长的远方。远方有柳絮如烟的长堤，有"谷雨收寒，茶烟飏晓"的无边春景。有了诗意的心情，近处的风景亦胜于远处，有"东风种就"的芳园，有"一亭兰茝，玉香初茂"的隐居山中。

慢下来的生活还是止不住这么容易地老去，如同听见布谷鸟招朋唤友地啼叫时，春色也止不住地老去。

每一个茶盏里映出的面容都有些陌生，谁都不愿意承认过往的生活痕迹

已深深刻记在一脸沧桑里。记不清这是第几次续水，茶盏里的新芽已经完全显现出本来的模样，恰似我们自己——经历过生活的磨洗，褪去了浮华躁动，又回到了自然本性，只剩下一个真实的自己。

这时，我也看清了"雀舌"，尖尖的叶片，似轻声鸣语的春雀，此时，它停止了跃动，在杯底栖息。感谢这小小生灵让沉寂的心还保存着一丝灵动。

让灵动的心随自然生灵而行走，就不会错过路边风景。这样的风景与名利无关，我想化作一只小鸟，与唐代诗人李适一起吟唱着"谷雨将应候，行春犹未迟"。我在他的目光里看不到一位工部侍郎的倨傲与媚骨，只看到他邀友同游的满脸真诚。

总有赏不够的风景，总有诉不完的别离。"欢宴不尽怀，车马当还期"，于此春日将尽之时，还有太多话没有说，还有太多酒等着下次的聚饮。只是有些担心，下次相见时，彼此是否还保留着此时的心境？

一句诗是未说出的万千之言，一个文字足以感化上苍，专为仓颉降下百谷之雨。

我宁愿相信，传说是真实发生过的。我也相信，专门从他的家乡带来的山泉水是融入了黄帝神雨的。柔润的淡茶流进身体时，我能感觉到梦想的种子正欢欣畅饮，一幅收获的景象在眼前倍加真实。

一湾清泉在一方茶桌间流过，那些文学的话题正被滋养着、延展着。间或激扬起一朵水花，那是某一句妙语佳句引发了众人的共鸣；或者是一只小

鸟，唱出了愈加动人心弦的啼鸣。

有了诗，就有了一处自己的闲圃；有了谷雨，就有了取之不尽的收获。只有像晚唐诗人曹邺那般流寓于长安十年，又辞归寓居桂林，才能深深体味

到《老圃堂》之乐。以及"邵平瓜地接吾庐"的居处景致，且看"谷雨干时手自锄"的自耕自乐，把平淡无奇的日子过成了恬淡的诗意。

这场雨是专为生民养民的百谷而落，连那壶新茶也融入了谷物的香甜。名为"二春茶"的雨前茶也最适合农人畅饮。

雨水落在身上时，已没有了半分寒意。细品着那缕甘甜，自己恍然变成了采茶的茶农、扛锄的归农，与一场雨一起走遍了山间的每一株茶树，走过了田间的每一棵黍苗。

第二章

夏

夏日时节，万物并秀，这是一年中植物最旺盛的生长时节：可以在浓浓绿荫里消暑，可以闲赏一池清荷，可以在雨后听见满塘的蛙噪，可以在梦里闻见丰年的麦香。在午后的散漫时光里，慵懒地半铺宣纸，随手写下几句闲词慢调。

七、立夏

绿树荫浓夏日长

夕影迟迟，柳枝长长，几声蛙鸣，在池塘边慢慢悠悠荡过来、荡过去。

立夏之始，阳气升发，万物并秀。生长着的植物、忙碌着的夏虫便在这流连的夕影蛙声里，生命被无限延长。

记得那时我和你的年纪就像眼前的初夏，大学校园里被无限拉长的时光可以任我们尽情享用。一如照在新叶上的阳光和洒在麦垄间的雨露，一任万物尽情享用。

也是在池塘边，长一声短一声的蛙鸣听起来更远、更慢，有着共同憧憬的我和你想象着仿佛还很遥远的生活。身后的教学楼倒映在缓缓律动的水波

里，任意变幻着形状。

　　心有灵犀的我们在彼此的眼里读出了唐代高骈的"绿树阴浓夏日长，楼台倒影入池塘"。胸中激荡的不只是沙场上的豪情，还有归于田园的恬淡。

　　那个身处晚唐、一战破敌二十万的武将，将一半豪情印记在课堂上的教科书里，将另一半恬淡鲜活于头顶上同一片渐深的绿色想象里。见惯了战场上的生命无常，在一位铁血将军的眼中，年年复绿、生生不息的悠悠摇柳就像她的容颜，还长久地停驻在他的年轻荣光里；那些易逝的生命与一个长长的夏日相比，是那么短暂，短过一根柳枝的生芽吐绿、絮落舞歇；还有他身后的楼阁也在一池静水的澈照中，成为世间最长久的留恋。

　　麦亦秀穗，梅子亦黄。草木似乎感知到了千古共鸣的情感，在这个雨渐多、日渐长的时节里，呈现给世间最丰富的味道。

　　你亦如生长在我心里的一麦一梅，时而一场思雨，时而一片晴好，我们在多愁善感的日子里一起长大，一起沿着成熟的方向，走过苦菜招摆着长叶的田埂，走过槐荫半掩的小路。

　　我们的小路是通向教学楼，通向食堂。我们也无数次地羡慕着南宋陆游的那条小路，希望有一天，小路可以通向"湖山胜处放翁家"一样的家。我们所向往的、能走进的只是表面上的湖光山色，却走不进家国多舛的陆游心里。

充满爱国激情却又不能施展才能的陆放翁一直到了无奈的晚年，才在放弃了报国之志的心念中，写下"槐树阴中野径斜"这样闲适的诗句。他在

"水满有时观下鹭，草深无处不鸣蛙"的闲看闲听中，闲于自己的无用——越是无用而致无所事事，才对每个时节的流转物候如此敏感，敏感到知道鹭影是立夏的鹭影，蛙鸣是立夏的蛙鸣。

在夏日里的林荫小路上，我们听到了一声叹息。"叹息老来交旧尽，睡来谁共午瓯茶"，在午后晚起的那声叹息里，我们听到一位正度过漫漫余生的老人带着深深孤寂的自说自话，没人能够回答一句，没人能够共饮一杯。

除了偌多闲愁里的鹭影蛙声，在这个时节还可以看见表情生动的菰菜，还可以听见令人心生柔软的雏鸟试啼。"夏者，物之修长也。"所有这些生灵，不管它们面对的是愁乱心绪，还是欣喜表情，总是以充满希望的姿态存在着。

新长的桑叶遮不住一只伤春黄鹂鸟的行踪，校园外的行人脚步惊醒了它漫无边际的遐想，摇颤不止的桑枝留住了一双恋爪停留过的印记。我在行色匆匆的人群里，想要寻找你熟悉的容颜，你却像那只黄鹂鸟一样，转眼就飞离了这片初夏的校园，在我的清晰记忆与不愿忘却里越飞越远。池塘里的浓荫楼影真实如头顶上难以静止的桑枝。

立夏看夏。从夏天开始的那一天起，我们就看到了夏天结束的样子。一

个夏天过去，我们都将为了成熟而做出漫长的努力和等待。

小荷初露芭蕉绿

当立夏发出一声号令时，夏收的作物开始为了最后的成熟而加快生长速度。

我们在一棵楝树的阴凉下小憩，闲聊中看一眼向上延伸的山路。初夏的密叶挡住了远处的视线，却挡不住前方传来的童声欢呼，那个声音的位置已超过我们很长的路程。

孩子的母亲、与我们一起闲聊的同伴听到孩子的欢乐高喊时，亦高声做着回应。她的脸上洋溢着抑制不住的知足笑意，那个表情似也在告诉身边的人：儿子已经长大。她也想把作为母亲的成功分享给周围所有的人。

像午睡短梦醒来，瞬间长高的绿荫让人不敢相信这么快就到了夏天。"芭蕉分绿与窗纱"，在斑驳的树影里，想起宋代杨万里的诗句。只是一场午睡的瞬间光阴，院里的芭蕉已超过了窗台的高度。

还有青青的果实，虽然距离成熟还有一段时间，但已初现成熟的味道。"梅子留酸软齿牙"，青涩中的留酸正是初夏的味道，像那个自认为长大的孩

子其实还没有真正长大，尤其在母亲的眼中，还有许多的细节让人挂念与担忧。

藤蔓上的小瓜总也离不开长长的牵挂。在古籍关于立夏的解读里，有一颗新生的果实，唤为"王瓜"。

看起来面容年轻的母亲，在天长日久的牵挂中，在自立能力愈强的孩子眼中，已变得如上了年纪的老人一样絮叨。表面上还是漫不经心地闲谈，但是内心对孩子的担忧已在眉间悄然浮出。

年轻母亲一边捶揉着老伤腿，一边自豪地谈起孩子的懂事。比如在某次旅途中，帮她背起行囊，比如在某次购物时，帮她提着大袋小袋。仿佛说上一天也说不完她的骄傲。

一位母亲的幸福只有母亲自己感触最深。那位南宋诗人陆游不再谈论政局世事时，将余生的精力付与晚林新桐，他看着它们的目光，也像母亲看着自己的孩子。"林中晚笋供厨美，庭下新桐覆井凉"，一株晚出的嫩笋、一树遮挡着炎日的新叶都令他心生欢喜，向林外的人炫耀着自己的悠然自得。

此般欢喜，没有经历的人是无法体会也无从感知的。有了孩子的相伴，不再寂寞的时光，安闲知足的日子被无限拉长："京尘相值各匆忙，谁信闲人日月长",隐于世事之外的喜乐是匆匆奔走于京城尘嚣的人们所不能理解的,也是他们所不能享受的。

常人所理解的夏天或许只是温度的概念。用来标记夏令节候的其实是一片片增厚增密的茂叶,是一条条增粗增壮的枝干。

似乎是在验证母亲的骄傲,在我们相携攀登上又一个高度时,一个蹦蹦跳跳的孩子已经从山上折返,眨眼间就来到了母亲跟前。我看清了孩子清秀面容的同时,也看清了孩子手里拿的一束野花,还有一根可以当登山杖的树枝。

年轻母亲接过孩子的花束与树枝,笑脸在花丛中绽放得更加灿烂。在孩子绘声绘色的讲述里,母亲的心已飞到百花争艳的山顶,与孩子一起沉浸在无边的自由欢乐中。

这一刻的慰藉千金难求。"伫立夏云滋",这一幅画面,这一抹夏日翠云,在唐代贾至的诗里停驻。相似的画面给予贾至相似的慰藉,这份慰藉来自他笔下的文章,或典雅华瞻,或意境悠远。

山路越远,心志越高,无论是母亲对孩子的期望,还是后人对前者的评价,都想要达到一株夏木的高度与广度。"悠哉千里心,欲采商山芝",唐玄宗赞叹贾曾贾至父子"两朝盛典出卿家父子手,可谓继美",杜甫盛赞贾至之

诗"雄笔映千古"，诗文至此境界，夫复何求？

一只名叫"蝼蝈"的田间生灵也附和着赞叹之声，于初夏时节欢鸣不已。田间的热闹因有了它而愈显生机勃勃。

回程客车上，那个活泼开朗的孩子将座位让给了母亲、与母亲同行之人。看不到丝毫疲惫之态的孩子双手抓着车顶横杠，轻松做了三两个引体向上。

车上的人们被他的轻松表情所感染，浑身的累痛顿时减轻许多。

和众人熟稔起来的孩子开始滔滔不绝地回答着一句句相问，他的率真坦诚不时引得车内阵阵会心而笑。这段昏昏欲睡的长途因有了一个大男孩的加入而不再寂寞漫长。

夏日阳光洒落的地方，所有的不快乐都被驱散。我们都享受着孩子带来的阳光，包括编写了《资治通鉴》的北宋司马光。"惟有葵花向日倾"，正因他心中始终有一个不落的夏阳，才会在离开朝堂的十五年间，成就了最大的一部编年史。

再读那句"更无柳絮因风起"，再与向阳而开的葵花对照，可以想象出一位潜心著书的老人，在偶然一次抬首时，看到了孩子葵花般的笑脸。是这乐观向上的葵花让他重又获得了著书传世的灵感与动力，是这充满活力的葵花让他平复了如柳絮般的忧愤杂念，将毕生精力都寄予浩瀚书海。

立夏所呈现的各种表情都带着一个既定的目标，所有的生命都在为了自己的目标而奋力前行、生机勃发。

让我们用一双饱含深情的眼睛，看向那片享受着阳光雨露的葳蕤深绿，那片深绿同样以深情地对望回报我们。

八、小满

夜来忽梦荞麦香

小满是作物的自我表达。它们用鼓胀的籽粒表达着现有的小小满足，离最后的成熟收获是如此之近。

正午的耀眼阳光已有了初夏的燥热。我加快归家的脚步，走过人车匆匆的街道，因为心里装着一个小满的日子，此时的另一个我正走过一条田间小路，耳边充斥的是庄稼野草的簇拥热闹。

一棵正在秀穗的低麦就在我身边微微晃动着，我揩去挡在眼前的热汗，不是秀麦，是一张带着学生朝气的红红脸庞正在一个小吃摊位前给母亲帮忙。那位母亲看向忙碌女孩的眼神是满满的知足。

一份小小的回报是那么容易令人知足，哪怕只是举手之劳、一餐之足。

西汉辞赋家司马相如，后人称之为"赋圣""辞宗"，就是这位千古奇才，只

是一缕梦中麦香，就让他无比知足，梦语着"昨夜玉盘沉大江，夜来忽梦荠麦香"。

　　他是深恤民间稼穑之艰的，不然不会对麦田里丰收在望的意象如此魂牵梦萦。而且，他是深记旧恩的，"时人但只餐中饱，莫忘旧时苦菜黄"，青麦未熟，苦菜正秀，正可以填救饥贫之人，旧时的苦菜令人永生不忘。

　　当此四月之中，所有生长之物皆小得盈满。无论是江北江南，还是百谷百草，处处充盈着喜悦。

　　我不由得驻足，走近母女面前的小摊，买下一份小吃。女孩递给我时，她的衣袖正抚过面案之侧的一本书，那是翻开的高中课本，放置的角度可以让女孩在忙碌的间隙看上一眼。

　　一绺湿发贴在女孩的额头，在灼灼夏阳下闪动着光华，像被雨水打湿的一片沃叶，闪动着内心的渴望。

　　这种渴望与喜悦是外人无法体会的。北宋政治家、文学家欧阳修在幼年的贫苦之中，靠勤学苦研，蓄积着此后连中三元的荣耀，年少成名的他恰似"麦穗初齐稚子娇"，离他所追求的目标已经非常接近。

　　富有才华的欧阳修得到钱惟演的赏识与厚爱，也恰似"桑叶正肥蚕食饱"，他这才有了终生难忘的一段乐而无忧的经历。他在老来闲居时，还时时记起这份喜悦，在田园中乐吟着"老翁但喜岁年熟"，看见将熟的青穗，就看

到了多年前的自己。

细细的靡草在躺伏于小满节气时，是带着欣慰表情的。小满来时靡草死，之所以它结束这一形态的生命，并将微身归献于厚土，是为了开始另一形态的升华，像夏蚕即将化为没有生命的蚕茧，像蚕丝化为锦衣。

走出几步后，我又忍不住回头，想多看几眼那个温情的场景。女孩和母亲默契地配合着，将一份份做好的小吃摆在面前，时不时嘴角向上翘着，和母亲笑谈着什么。是在说着她填报志愿的事吧，我是从母亲的表情里猜到的，因为母亲的神态带着鼓励，带着一脸的憧憬。长大的女儿为母亲勾勒出一幅晚年的安好，让母亲觉得此时的所有付出都是值得的。

只要全心全力地付出，就一定离想要的生活很近很近。元代集画家、诗人、篆刻家于一身的王冕出身贫寒，全凭自学成才，他以一只吐丝勤蚕自勉，"作诗寄蚕姑，辛苦匪徒然"，此时拼命嚼食着桑叶的夏蚕是为了以后的"吐丝净娟娟"。他在古寺青灯下，彻夜苦读，吟咏声声，蚕丝绵绵。

性格孤傲、鄙视权贵的王冕这些勤奋的付出却不是为了换来功名利禄，而是隐逸于田园，卖画为生，放舟于鉴湖之阿，听其所止；他留于世的锦丝任人评说，"周密已变化，去取随人便。有为机中练，有为琴上弦"，蚕之吐丝，又何曾为了自己？

小满带来的夏暑热气总被人们所忽略，被写进籍册的小满物候总是将更多的目光反复集中在田间沉穗。所以不难理解，为什么小满三候的"小暑至"

后来被改作"麦秋至",而且充满了迫切,明明麦未黄熟,却偏偏说已"至"。

还是热心提携后辈的欧阳修最懂小满的深意,为小满赋予"最爱垄头麦,迎风笑落红"的殷殷深意。在他主管礼部期间,经他之手录取的苏轼、苏辙、曾巩等人便是他眼中最爱的"新麦",夏风里的落红也许是他所反对的"太学体"文风吧。

与新麦相伴的还有一轮"皓月醒长空"。欧阳修自己就是引领北宋文坛新气象的一轮皓月,洒下遍地的清晖,滋养着北宋诗坛的新秀。

一阵草绿色的热风刮过,几个穿着校服的学生骑着自行车从身边急急而过,旋即汇入流动的行人汽车的洪流中。我在远望田埂时,看见垂得更低的秀穗融进了一片草绿与金黄之间。

玉历检来知小满

小满是为接下来的收获做准备的。此时,灌浆的小麦正贪婪地吸吮着水分和营养,这是大地的无私厚赐。

一场雅聚就安排在天酿坊之侧。除了面前的酒香,还有从窗外飘进来的五谷窖香。酒厂的主人——也是这场雅聚的发起人——端起淡青小酒盅,与桌前的几人一一碰过。我在摇晃的酒香里,在这张微醺的脸庞上,想象着那一排排地窖的样子，想象着那一堆堆封土下的情形。

在这样的想象里，我仿佛看到一粒粒饱满的粮食正长眠于一个悠长的梦境，它们的梦里也有一张面庞，和我眼前所见一样。

沉睡的五谷忘记了窖外春秋，窖外的那双眼睛一天一天地数着日子，记着那些酣睡的孩子该何时醒来。南宋中期江西诗派的领军人物赵蕃用三十余年的时间潜心治学，问学于朱熹，诗宗于黄庭坚，似忘记了时序的书中眠虫。"玉历检来知小满，又愁阴久碍蚕眠"，看到窗外的喜人景色，闻到了隐隐的谷香，方才想起已到了小满时节；他悲悯的心中装着太多的生灵，既盼着甘甜雨露滋养青谷，又怕连绵阴雨扰乱了肥蚕的梦中长丝。

所有的等待都是暂时的沉寂，所有的繁华都已落尽，只剩下悄然的孕育。苦菜之秀却没有花开的收获。

桌上摆着五六个陶瓷酒壶，或土黄，或青灰，不打开盖子，看不出任何区别。即便打开盖子，倒在酒杯里，还是看不出透明颜色里的区别。能分辨出它们不同的，懂它们的，只有酿造它们的人。我听着关于它们身世的介绍，像看到一个个有了形象的生命站在面前，向我演示着它一步步走过的历程。

那些上天赐予的收获只赐予懂得那些生命的人。宋代诗人邵定虽号为立芟老人，其实他并未老去，读着"缫作缫车急急作，东家煮茧玉满镬，西家

卷丝雪满籰"，感受到他像邻家的养蚕人一样，在忙碌中享受着生活，却读不

到一丝老倦之态。

只是看着蚕儿吃不完的碧绿夏叶，就让人满足不已，"夏叶食多银瓮薄，待得女缫渠已着"，又怎么会疲倦呢？他在院前院后种满了梅兰竹菊，当然也少不了蚕儿喜食的柔桑。他自己的生命也像贪吃着桑叶、尽情吐着银丝的幸福的蚕儿一样。

看淡了寒暑阴阳，看惯了草木死生。小满至，靡草死，感受着至阴之气而生的它们，又在至阳之气中，以另一种方式重生。

从清香型、浓香型一直品到了酱香型。在将要送到嘴边时，一个让我难以置信的数字传到耳中，世俗里价格的高度让我忍不住对它的高贵出身又多了几分好奇。是时间让它变得与众不同。这是懂酿酒的主人给我的答案。

三年，五年，十年，几十年，到了超过人自己生命长度的时间，人已死去，它还活着。这样的一杯酒已让人无法想象，它背后一窖粮食的所有经历也让人不由得不相信它的真实价值。

以一粒粮食的命运重生对照一个人的短短旅途，又有何事放不下、看不开？遗著达到二十七卷、诗词三千余首的南宋诗人巩丰也曾有过外调为官的颠沛，但他从未流露出怨诽之意，"静观群动亦劳哉，岂独吾为旅食催"，他在行旅之中看到的是更多比他更辛劳的百姓。

正是巩丰体味着民间的生活之艰，才会在其任上政事从简，刑罚从宽，深得百姓赞扬，"清和入序殊无暑，小满先时政有雷"，在他治理下的清和之地，他所颁布的政令就是小满里的雷声，给百姓带来了如甘霖的消息。

求学不止，为民无止。小得盈满，离最后的成熟只差这场小满的润雨。

像杯中的酒，以为已经品出了真味，却还有隐藏更深更远的味道，就算终生去品，也还是品不尽。我问，什么样的酒算是最好的酒呢？与酒打了半辈子交道的酿酒人看着我微微泛红的脸，说了一个答案：在你喝过的酒中，选一种最适合你的，就是最好的。

真正成熟时，或许已到余生。作诗真朴有致、做人慷慨正直的宋代诗人王之道经历了数十年的起伏之后，眼里唯余青竹远山，"乍晴何所喜，云际远山攒"，阴云满天、不见彩虹的小满，在他老去的思绪里，已激不起喜与忧的情感起伏。

属于夏季的小满为看起来没有情感的野草与庄稼带来了繁茂的生长希望，即将迎来的夏收、夏种、夏管三夏大忙给生活于不同环境里的人带来不同的情感收获。

窗外的温度在上升，空气中弥漫的谷香愈加浓郁。让我们与窖中、与田中即将成熟的粮食一样，以一份感恩的心态尽情吸纳天地的无尽恩赐。

九、芒种

小麦覆陇黄

芒种的"芒"，是一夜吹黄的麦芒。

催促着人们急急往前奔走的南风在乡村麦田与城市楼宇之间穿梭，吹钝了干黄麦秆旁的镰刀，吹起了不复年少的青丝，就在这一夜麦黄里，那些生命中最美好的时光慢慢地，慢慢地，悄悄溜走。

我们向着不同的方向再次出发，想着曾经少年的相聚，想着今天长大后的各自奔忙，想着白居易的"夜来南风起，小麦覆陇黄"。一位大唐诗人面对阵阵涌来的麦香，除了随之涌出收获的欢欣，还涌动着相似的无奈乱绪。只

是这乱绪之由是心头压着的苍生疾苦，是身处底层的平民在芒种时节的加倍苦累，比我们的小伤怀要沉重得多。

来不及感叹几十年的人生须臾，也来不及沉思几千年的历史瞬间，我们的下次约定就在匆匆车流的光影里，湮没在城市的霓彩中，湮没在层层涌来的风吹麦浪里。

麦田里的人也来不及想太多，俯下身子忙着收割，细芒扎在茧臂上浑然不觉，此时麦芒背后的表情与唐时劳民"力尽不知热，但惜夏日长"的心情有着太多相似。他们都用相同的汗水换来余生小家的微喜。

相似的还有那时的我们在教室里忙着复习，像芒种时节种下的希望，等待着可以让自己有些小骄傲的考试成绩，从小学到了初中，转眼高中，匆匆走过的懵懂让我们来不及细想涌动在这个年龄的情愫，否种在了彼此的心田。

有时你是第一名，有时我是第一名，在老师和同学眼里，我们都朝着同一个美好前途，一帆风顺地携手前行。别人永远不知道这是支撑我在班里排名的原因，只有这样才可以与你处在同样的高度，平视你的目光。

可是，一年年青麦秀了穗、又黄了微芒，直到毕业，我也没能牵你的手。你踏上远方的火车，只留下背影，我在这座城市目送你的远去，心中默吟着商周箕子的"麦秀渐渐兮，禾黍油油"，默默接受着"不与我好兮"的结果。

本为商臣的箕子，比起我与你，失去得太多太多，他在秀穗的田亩间失去了一个忠心辅佐的君主，失去了一个数百年基业的王朝，他在叹息着江山易主，他在怨恨着昏君误国。再美的风景在遭遇命运无常时，亦愈增悲愁。

本就无法预料，太多的世事无常。勤奋汗水所浇灌的也不一定是自己想要的结果。芒种的风和雨，甚或冰雹，往往是毫无征兆地打乱田间忙碌的节奏，也让今天的人无暇欣赏金黄恬静的画面，只是想快些到达几亩地的终点。

这几亩地也是一份赖以谋生的工作，也是一间蜗居于平凡的陋室。小小的目标就是抢在风雨前，收进小家里的生活保障。

后来听说，你在南方一个沿海城市安顿下来，有了一个安稳的家庭，我将少年纯真而模糊的情愫也封藏在平静无波的时光角落里。

我本以为那些少年情思的片段会随着时间与地理的长度而淡然隐逝，却每每在断断续续的麦垄间，不经意地涌现出某个瞬间。我在空空的麦田里发呆时，也许你那里是梅雨连连吧，我期待着此时的思绪会在我们不知道的时空，相遇于唐朝徐夤"杨柳堤边梅雨熟，鹧鸪声里麦田空"的惆怅诗句里。随性而为的徐夤于这场惆怅梅雨里，愈加看淡了官场的名利，将断了尘念的身心归隐于耕田垂钓的世外家园，只留下一句"吟诗台上如相问，与说蟠溪直钓翁"。

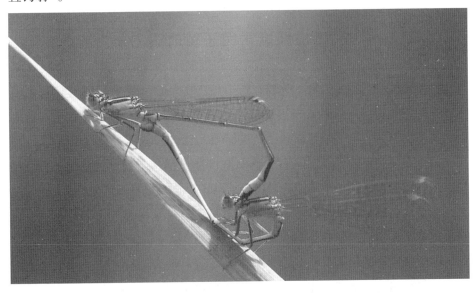

　　该忘却的，该留住的，都由不得自己。季候的改变不会等着追风的少年，不因长大后的错过为谁而重来。因为这片空空的麦田里又已钻出尖尖的新绿，它们正等着润泽万物的雨快些到来；因为错过了今天的收割与播种，就错过了明天的整个秋香。

　　短如麦黄的一生，正是因为有了年少时的纯情和多年后的旧梦，那些记忆才永存着一份珍贵。韶华无奈地逝去，无论是眼前低头忙碌的农人，还是奋发向上的学子，都是为了希望的明天。

满城风絮，梅子黄时雨

　　同一个芒种，以一条江水为界，这边是三夏大忙，那边是梅雨连连。

　　空间的距离可以依靠一条贯通南北的轨道缩短至数小时，两种生存状态的距离却沿着各自的另一条轨道，背道而驰，且越来越远。

　　窗外是阴晴不定的芒种天气，候车室广播里播送着列车到站的消息。播音员用标准的普通话说出那个熟悉的南方城市，语调里没有任何感情色彩。

　　那个地名钻入我的耳中，我的脑海里情不自禁地想起一个人的模样，也想象出那个人身后的背景是与北方芒种不同的"梅子黄时雨"。

　　淋湿了思念的梅雨寄托了太多闲愁。"若问闲情都几许"，北宋贺铸的闲愁因这场缠绵的雨而成就了"贺三愁""贺梅子"的一代词名。无休无止的烟雨，以及无以寄送的思绪，让他发出"一川烟草，满城风絮"的怨叹。

没人说得清烟雨乱絮中到底想起了谁，也没人说得出笔下的寥寥数字代表了多少句难以表述的心语。虽说不清说不出，读来却又心意相通，引发了那么多痴情男女的共鸣，让一场梅雨缠绵了整个节气。

南方采梅的女子想来是和着此般词韵挥动玉臂的，她的脸上也是带着淡淡思愁的，像梅雨时节久久未散的雨云。

想起那段情窦初开的年纪，想起分别的那一天最后定格的画面——毕业前的最后一天，雨滴在教室玻璃窗上，汇成条条小溪，流向不同方向。最后一排座位上是两个相对无语的人。

只是彼此的好感，仅此而已。像去年种下的两颗相邻麦种，何时出芽、何时抽穗、会不会发芽吐穗，一切全凭天意。我们谁都不曾想过、不曾奢望在芒种夏收里会收获什么。

谁都不曾忘记谁，虽然从工作、结婚之后，不再联系。我在想着"水国芒种后，梅天风雨凉"的时候，她也会想着"山趾北来固，潮头西去长"，是那个分离时定格的雨天让我们在各自的前进轨迹里，有了一次次的雨中相遇。

与唐朝诗人窦常相比，我们因生活而别离，还属幸运。他最后所面对的

是故人已逝的空望，"年年此登眺，人事几销亡"，一声无奈地苦叹又带着不甘，读来让人唏嘘不已。是什么样的心念让他结庐种树、二十年不出？他的故事被雨水冲淡于史书深处。

伯劳鸟站在枝头，苦苦地呼唤着它的另一半。它比人类更能准确地预知未来，特别是阴阳寒暑的变化；它能在挥汗如雨的夏收中，提前预知到不远的阴寒。

没有想到，多少年后，我们还会重逢。准确地说，不单单是我们两个人的重逢，而且是多少个同班同学的重逢。即便能猜到在多雨的时节再相遇，但也猜不到彼此见面那一刻的心如止水。

乍晴的热风瞬间吹干了麦梢湿雨。我们只是如普通同学一样，互相寒暄着，问起在哪里工作、孩子多大，除此之外，没有过多的话语。"即今幸无事，际海皆农桑"，此时的无语与毕业前在教室里的无语已大不相同。

我们都在珍惜着各自的平淡生活，那段少年时的懵懂感情早已在陆游的诗中老去，不再起一丝波澜。到了这个年纪，像田间的微获就让汗农无比满足，家人的健康安好也让我们感到莫大幸福。

这些年，不管是在南方的梅雨，还是在北方的麦收，两个人都似陆游的笔耕不辍，为了生计而奔忙。我们都曾想象着有一天，可以与自己的家人一起过上"庭木集奇声，架藤发幽香"的闲居生活。我们此时的安稳又何曾不是陆游临终时依旧祈望的生活？

像一位爱国诗人，与一个朝代相逢。一场催熟的风，一场润根的雨，只有在合适的时间，刚好经过这处麦稻良田，才会催生出农人的喜悦。过多或过少，便成了耕者的遗憾。

再次分离的细节很快就已淡忘。因为我们已经看清彼此的缘分，清醒地认识到那些年少时的错过决不会再有新的结果。我们所能做的还是继续做普通朋友，在想起彼此时，为平淡生活增添几笔点缀。

深谙农事的南宋诗人范成大不会错过每个时节的喜乐。我们有过晚年退居闲园的远梦，却绝对写不出这位诗人笔下的《四时田园杂兴》，他诗中的芒种忙碌而不失雅致，"乙酉甲申雷雨惊，乘除却贺芒种晴"，或雨或晴，都值得去书写、去庆贺。

哪怕是一碗普通米饭，因融入了自己的田间之乐，在诗人品来，也是至香美味，"插秧先插蚕秫稻，少忍数旬蒸米成"，天地赐予一位诗人的美味也让今人读来回味无穷，让人那么近地感受到蒸锅上的缕缕热气正飘送着诱人甜香。

芒种的雨为刚刚种下的秧苗送去充足的养料。连绵的雨洗润着熟梅，与它们在锅底吟唱相和，唱着一首不老的欢歌。

一列火车再次从站台驶过，追随着那个南方土地上的名字，赴一场梅雨之约，让三夏的忙心感受到不一样的阴凉。

十、夏至

昼晷已云极，宵漏自此长

最早说出"夏至"二字的人每天都在用古老的方法测量着日影的长度。等到日影最短的那一刻，他便知道，这就是太阳离自己最近、白昼达到最长的夏至。

楼道里渐渐没了脚步声，这一段下班后的富余时间只属于我自己。太阳还高挂在西天，离地平线还有那么长的距离，在那么长的时间里，我可以完全抛开公务琐事，做许多自己想做的事：可以打开音箱，让放松的心情随着舒缓的音乐静静流淌；可以展开一页白纸，随手写下几行小诗，想到哪里，写到哪里；可以倒上一杯茶，看着一个个浅绿的生灵在悠长的光影里浮浮沉沉。

被延长至极致的昼日让繁忙中的人可以有了闲暇时光。勤于吏职的唐代

诗人韦应物就是用公务之外的闲暇写下了一首首田园诗，而他写下"昼晷已

云极，宵漏自此长"时，正值夏至。他像那个守着日影长度的人一样，那么迫切地等待着这一时刻的到来。

"公门日多暇"的优哉游哉对于韦应物来说是极为珍贵的，他有太多闲事可以消遣这大把时光：可以独自闲游，慢享"亭午息群物，独游爱方塘"的情致；可以独坐阴凉，慢享"门闭阴寂寂，城高树苍苍"的清雅；可以约朋邀友，慢享"于焉洒烦抱，可以对华觞"的闲趣。

闲目所至，有一种名叫"半夏"的植物与夏至相伴而生。半夏性属辛温，却要借助夏至初生的一丝阴气才可成为一味良药。

一片片茶叶在透明的杯子里停止了浮沉，随着我平复的思绪，缓缓躺在杯底。外面的仲夏是如此热闹，甚或是嘈杂的，而在热闹之外，在我独处的室内，却隐隐生发着冷清的滋味。

是这一份冷清可以让我在喧闹的夏日，在长长的余生里，冷静地思考那些过往，清醒地认识当下的自己，清楚地知道接下来该做什么。也是因为在更多的时候，我总是身处熙熙攘攘、忙忙碌碌之中，才如此渴望一份难得的宁静。这样的独守幽静已经在身体里潜藏许久，而后在喧闹至极的夏至开始萌发。

享受着长夏带来的闲逸，却也时时被抛在时序之外，谁也无法改变天地

固有的季候轮回。仕宦显达并以文章著称的权德舆于中唐执掌文柄，名重一时，却也在夏至之时发出"四时变幻无序"的感慨，"璿枢无停运，四序相错行"，他应是在感慨自己晚年的罢相外调，对君王的反复无常表达出内心的无奈。

直谅宽恕的权德舆把一句"寄言赫曦景，今日一阴生"寄送给繁茂的夏至，其实是对刘禹锡、柳宗元等人的寄语，在他们皆投文门下、求其品题之时，让他们在当下的繁华里，长存心底的一份冷静。

繁华到极处，必将归于朴淡；阳气达到极致，必始衰而阴气生。达到极致的长昼又必将一天天变短，那一句"吃过夏至面，一天短一线"的俗语从未失言。

手机铃声的几声提醒让长游天外的目光看到落日已被楼群挡住了半边身子，一缕缕晚霞一声声唤归着夕光。电话里似飘过来炸肉酱、黄瓜丝的混合馋香，还可以听得见长长面条在锅里欢游翻滚的声音，紧接着，还会听见热气腾腾的面条在经过一盆凉水时的舒畅长呼。那些声音正喊着我快快回家，如同晚霞催唤着迟日。

本来我以为夏日很长，但是在乐而忘忧的佳境里，之其实很短。"建安三曹"的曹丕不仅是杰出的政治家，更是杰出的文学家，有许多个这样的夏日，

他组织文学雅集，"从朝至日夕，安知夏节长"，这些在文学上志同道合之人

从早晨一直到日夕，在唱和出一首首建安诗作之时，浑然不觉长夏已近晚。

　　有着安稳工作、安适生活的我是幸福的；有着朝夕唱和的建安文人是幸运的。遇到了曹丕，能于汉末乱世里找到寄存诗意的安居，"夏时饶温和，避暑就清凉""嘉肴重叠来，珍果在一傍"，曹丕为文人同道准备的美酒佳肴就是最好的避暑良方，就是最好的赋诗所寄。

　　到了夏至，夏天已经有了它该有的模样。身处于备受重视的夏至节，该避暑时避暑，该祭神时祭神，祭神所祈的是躲避不可预知的疫疬、荒年与饥亡。

　　我们的身体躲避着头顶的火热，而我们厌倦俗扰的疲心又想追随着夏阳，想把夏至这一天的最长白昼长留在我们心里。幸好，还有一抹五彩的霞光被我紧紧抓在手里，握着这一抹晚霞，我还可以多一段缓步归家的享受。

半路蛙声迎步止

　　听不出蝉声里的欢愉或烦躁，它只知道，夏天来了，就要履行自己的鸣唱使命。夏至节，哪里能少得了蝉鸣？

　　我听出了电话那头的烦躁，没有细问原因，只是与他相约，到经常去的那个小吃摊喝两杯。刚刚放下电话，窗外的蝉声就钻了进来，唯恐在这个长夏被人们淡忘了它的存在。

受了朋友烦躁情绪的影响，此时的蝉声显得絮叨聒噪，我似乎听出了它对炎热的抱怨和对凉夜的盼望。蝉与人都盼着"夕凉恰恰好溪行"，盼着快些享受日落后的惬意。

越是急盼夕凉，那抹夏阳越是迟迟不肯离去。我能体会到南宋诗人杨万里所急的除了朝堂上如蝉鸣的嘈杂之声乱耳，更有诸多诚谏之言不得采纳的忧急。一声声蝉鸣也催得人白了鬓发，"暮色催人底急生"，这是年岁不饶人的无奈心焦。

更多的时候只能像杨万里那样用一支笔写下忧国忧民，用另一支笔写下自然万物，将燥热时的内心焦急变为夜风里冷静的欣赏。有了这样的心情，才能享受到"半路蛙声迎步止，一荧松火隔篱明"的清静与凉意，才能不辜负这夏夜的难得清爽。

忽鸣忽止的蛙声像忽晴忽阴的夏雨。"夏雨隔田坎"，夏至的急雨来得快，去得也快。

一阵西北风吹过来，带来了一阵凉意，引得路边食客一片欢呼。凉风顺便带来了一团厚云，暂时将月光遮住，似乎马上就会有一场凉雨。我俩也和

其他人一样，并没有一丝雨来前的慌张，任整个身心被雨前凉风吹透。在雨来前的这一刻，顿悟着杨万里的"清酣暑雨不缘求"，雨来雨散，不去刻意地

等待。

　　悠悠的吉他弹唱也并未因一阵急风而中断，那首沉静中略带感伤的校园民谣把听者的思绪带入一片浓荫月影里的校园。看得出来这还是一个学生，脸上还带着几分稚气，在掌声响起时，他的两颊泛起羞涩的深红。

　　是他自己写的歌，写的是自己的仲夏故事。故事里有着那位南宋诗人的自然情怀，有着"诚斋体"独有的淡然随缘，"花外绿畦深没鹤，来看莫惜下邠侯"，一幅仲夏美画，一曲绿畦清歌，令多少人为之陶醉，令多少人宁愿舍弃世间名利，也要独守着一份喧闹夏日里的清幽。

　　夏至守身养生，养的是随候而变的心志。或是一碗面，或是一盘苦瓜，都是炎炎夏日里的清心佳肴。

　　听着年轻时似曾听过的歌，我们举起面前的啤酒，像年轻时那样，"咕咚咕咚"喝下几大口。透心的凉意让内心的烦躁减轻许多，他本来有太多的烦心事要对我这个老朋友说，可是到了现在，又没有了倾诉的意图。

　　也许他只是为了在炎炎夏日里，用这种方式宣泄这多日来的苦闷。也许在此时此刻，就如同那位唐朝诗人白居易一样，想寻回从前夏日的种种美景美味。"忆在苏州日，常谙夏至筵"，苏州的美景又怎么比得上夏至里的与友共饮？一种味道，一句话语，每每在此后的夏日里想起。想起的不是苏堤的杨柳风光，而是凝止于记忆里的聚饮表情。

　　我们在共忆昔日时，从彼此脸庞上的沧桑中读到了"此乡俱老矣，东望共依然"的几分落寞。写下《琵琶行》与《长恨歌》两大叙事诗的大唐诗王，用此般怅惘勾起了天涯同命之人的无限悠思。无数双眼睛在同一首诗里同望东方的夜空，是望向那些至今未曾实现的目标，还是望向朋友相伴的余生长路？

表面的淡然无求掩藏不住心底的苍凉，表面的热浪滚滚隐隐透出一缕凉飕飕的冷风。一切喜阴的生物藏在夏至的表面炎热里，借助初生阴气悄悄露头。

周围一切似乎安静下来，恍然未觉夜色已深。突然而至的急雨过后，一弯凉月复现，在杯中投下清影。我们记不清饮下了多少杯清凉之水，记不清那场雨是何时停驻的。

空旷的街头已找不到那个弹吉他大学生的离去步痕，安静忧郁的嗓音还回荡在耳边。我分不清这个凉气袭人的夜晚是属于夏天的初始，还是秋意的渐深。

这一杯寂寞的酒与明代张正蒙充满惆怅的诗一起饮下，"惆怅无人见，深杯空自持"，当他放下酒杯时，眼前只剩下人去筵散的孤独。他同时饮下了"岁序一阴长，愁心两鬓知"，那些年少的努力在一年又一年的夏暑秋凉中，换来两鬓的无奈染霜。

这一杯解愁的酒与唐朝白居易洞观世情的诗一起饮下，"块然抱愁者，长夜独先知"，天地与饮者同愁，因这不寐的长愁，夏夜忽然变长。当冷酒的凉

意在身体里无限蔓延时，长夜还在延长，"夏至一阴生，稍稍夕漏迟"，愁思里的阴凉长夜迟迟未晓。

"夏至未来莫道热。"热浪与凉雨交织的夏至扰动着忧烦不定的心。我从先民无助的双眼里看到了夏至的诸多忌讳，"慎起居、禁诅咒、戒剃头"，只为求得内心的一份平静。

细听，高唱的蝉鸣、起落的蛙噪是与夏至初生的阴气相谐的，它们的表面欢声亦是伴着短夏易逝的伤感。让烦躁的心情随着声声蝉语、随着阵阵蛙叫、随着迟迟晚夕，回归于一片清静，感受着一份清凉。

十一、小暑

倏忽温风至

到了小暑，入了伏，才是真正的夏天。

小暑时吹来的风已是渐升的温热，一直到了傍晚，还是让人闲极无聊的暑蒸余温。

每到此时，那扇树影点缀的纱窗里总会飘出单调的音符，一遍遍地浸到湿热的晚风里，随之飘进相邻的每一扇敞开的窗里。每每在无聊重复的弦声里，我眼前总是想象出一个少年的模样，想着他在完成作业后，于久久未落的夕光里陶醉于自己。

此般闲缓的乐声，此时少年的表情正符合夏日将晚的风情，就连性格

偏急的唐代张说也于此时享受着难得的闲适，和琴缓吟着"小暑夏弦应，徵音商管初"。三次拜相、策论为天下第一的张说作此诗时，耳边回荡的应是一声声单调而重复的黄钟大吕，大殿外的飞檐画柱也被金色晚霞久久挽留。

我多么希望这样令人陶醉的时光会长久地延续下去，如同张说眼中的君恩金光，"愿赍长命缕，来续大恩余"。赐予百官的长命缕被赋予了君臣共同的美好祝愿，愿永沐君恩，愿永世太平。

田野里一只蟋蟀也感受到了从地底蕴发的烦热，小小的洞穴已让它无法演奏出动人的乐章，廊外的立柱或是窗下的阴凉成为寄托愿景的新居。它的"在野"与"居宇"生命轨迹也标记着节气流转，让耕者与闲者都能知道自己身处何时。

我也曾在暑热稍退的月光里，经过那扇窗、那扇门。暑雨滋生的青苔在阶下生出无限遐思，想着那个汗水湿了发梢的少年一天天在琴声与鸣声的催促下长大、老去。还想着那个青年、中年再从这里经过时，是否会生出如今日之我的遐想。

我想，那个名叫元稹的唐朝少年在十五岁两经擢第、二十三岁登吏部科授校书郎时，也一次次感受到了庭前蟋蟀的催促，才会有"倏忽温风至，因循小暑来"的光阴不返之感慨。或许正是因为有了这"倏忽温风"

的时光匆匆，才催发一个少年爆发出身体内部的潜力，创造了令世人咂舌不已的奇迹。

初入官场的元稹也像初试稚翼的鹰隼一样，飞得越高，越将世间万物看得真切，越是想用自己的一身才华实现除弊革新的报国之志。所以，他在经过"户牖深青霭，阶庭长绿苔"的小暑闲景时，心中生发的不是百无聊赖的悠闲，而是"鹰鹯新习学，蟋蟀莫相催"的时光不待之焦急，高天上的飞鹰、角落里的小虫，在他眼中无不是匆匆碌碌的存在，激励着他奋发图强。

小暑里说来就来的急雨常与隆隆不息的雷声相伴，雷雨过后，又是一轮玉盘高挂。这种晴雨无常的节候就像无法预料的人生，也让看透名利聚散的人在这样的暑热忽变里恒守着自我本心。

夜更深，又有高高低低的笛声，从某个角落飘过来，越过一扇扇纱窗、一重重院落，像来去不定的伏天匆雨，让浮喧的心有了那一刻的宁静清幽。与笛声相伴的轻风也融进了清凉的雨滴，吹在脸上，恍若自己就是在碧塘里陶醉的睡莲。

月光更亮，代替了远远近近的灯光。在月光里安然而睡的还有北宋的秦观，那个被苏轼称为"有屈、宋之才"的婉约派一代词宗，陪他入梦的是一句"月明船笛参差起，风定池莲自在香"。参差的笛声正如其起伏的仕途：少时聪颖，博览群书，却两试不第；年届不惑，才考中进士；未来得以展露才华，又因党派之争而连遭罢黜，使其不得已而生退隐之意。

风中的莲香恰似身处风雨无常中的秦观在词坛上的成就，王国维《人间词话》云："少游词境最为凄婉"；后世评其词：文字工巧精细，音律谐美，情韵兼胜。在短短的暑夜逝梦中，秦观还能听到伯乐苏轼的远唤："少游已矣，虽万人何赎。"

暑昼何其长，暑夜何其短。听着孩子手中稚涩的迟弦，望着高悬于西天的皎皎明月，总以为属于自己的时间还很长，可以在这个令人慵困的伏日里做一个长之又长的凉夜美梦。

当又一阵风吹过来时，恍然惊觉，风还是带着温热，窗外又迎来更热的一个伏日，属于自己的昼夜生命又将随着汗水与雨水一天天流走。

小暑金将伏

小暑的暑蒸与入伏的伏避是被一碗新麦做成的"头伏饺子"连在一起的。

我与身边这位儒雅老人从一间饺子馆出来，走在暑天的浓荫里，走过这个城市里的每一处风景。看着老人推着自行车的神态，我忍不住想起有一幅风景已经好久没有看到了。

也是一位老人——这个小城里一家上市公司的董事长——在暑热蒸腾的

街头，穿一件洗褪了条纹的半截袖，蹬着一辆十多年的自行车，每天早晚穿

行于人来车往间。

事业如日中天的老人选择了朴素简单的生活状态，选择了避开纸醉金迷的奢华，在他心里，应是对"小暑金将伏"有着更深的感受吧。一位老人所达到的社会地位与心态或许与官至监察御史、户部侍郎直至宰相的唐代武元衡，在某种心境里，有着共同的契合点——他们都选择了避开浮躁。

这位诗人在写下"才非谷永传，无意谒王侯"时，就已注定了自己的余生轨迹。几朝帝王的更迭、官位的变迁、外界暑天的热闹似与他无关。在他的避暑幽居里，在他的静容远思里，有"微凉麦正秋"的农家闲乐，有"远山依枕见"的诗兴闲景，他把暑天的别样享受寄予好友共享。

越是身处炙手可热的顶端，越要保持头脑的冷静。温度越高，亦越要平心静气，顾护心阳。

疑惑很长时间看不到那辆老旧自行车和那件浅白短袖，后来才知道，那位年逾六旬的董事长正暂住于一个凉爽的海滨城市，在那里避暑闲游。

与他同住海边的还有几个同样功成名就的企业家，他们都将偌大一份产业交付给年轻人，自己则选择一身轻松地安度晚年。换作我，我不知道能否像他们一样，平静地将自己辛苦创下的家业交给别人。

放空自己、心无杂欲是最好的消暑良方，唐朝白居易早就有过切身体会。

"散热由心静，凉生为室空"这样空无杂念的诗句当是白居易晚年致仕所作吧，只有到了真正退出官场的时候，才会真正抛却身外的所有牵挂。

因曾有过配紫金鱼袋、穿紫色朝服的显赫身份，也有过被贬江州的人生挫折，对于此时的"眼前无长物，窗下有清风"也就比常人更多了几重况味，也更多了几分珍惜，在不一样的心境里，自然也更多了几缕清风。

暑蒸与湿热交相扰乱心神时，最难得的是一缕清风。江南出梅的雨驻与江北入伏的雨来听由小暑的一声惊雷而交相变换。那缕清风也摇荡于江南江北。

面前的老人谈起了自己的余生规划，也准备搬到那个海滨小城小住一段时间。我从这样的规划里也刚刚知道，身处管理高层的他已向企业递上了退休报告。按他自己的说法，趁着现在企业上下还对自己倍加尊重，自己决定主动让位，把位置让给更有能力的年轻人。

难得一位老人放弃了现职的高工资，为了给别人更多机会，也是为了给自己一份余生清闲。他打开手机给我看海滨小城的那排椰树，看他早些年在那里买下的一间小屋，透过手机屏幕，我感受着吹过来的海风带着潮湿的清凉。

不只是那处海边可以避暑，只要心里有清风明月，哪里都是最好的栖居。

想起北宋诗人梅尧臣在寺中写下的清凉，"清淡停玉麈，雅曲弄金徽"，只有身心皆融入那一声声诵经梵唱，感受着佛法荫护的清净，方能真切感受到那一份清幽惬意。

隔开寺外暑热与烦扰的不只是苍苍老树，还有一盏禅茶。"高树秋声早，长廊暑气微。不须河朔饮，煮茗自忘归"，这杯茶不是因为用了特别的泉水，只是因为先有了清闲的心境，才使暑气变得衰微。更因这杯茶让仕途上不得意的梅尧臣反而在宋诗的舞台上大放异彩，别开一代诗风。

听不懂古寺的钟鸣，读不懂诗人笔下的禅茶，也猜不透、禁受不住暑气升腾的蟋蟀与苍鹰在檐下、在高空的声声絮语。

我虽未老去，但也情不自禁地想着老去的归处，是寻一处海滩，还是觅一座古寺，或者，还是离不开原来的城市，离不开此时的头顶绿荫。我也明白，最难消解的其实是潜藏于心底的暑烦，与季节时令无关。

眼前的老人和身在海滨的那位老人，他们的平和目光又何尝不是久久寻觅的阴凉？他们此时的避暑胜境也是我此后追随的最佳归处。

其实，那片阴凉离得很近，近如唐代孟浩然在夏夜里的观月赏荷。数次求仕不得的孟浩然尚能吟出"山光忽西落，池月渐东上"的闲逸心情，为同一夏夜的失意之人描摹出一幅静谧的田园山水画。他的"山光"与"池月"属于所有的失意之人，平静了所有人的烦绪。

相比于这位山水田园派诗人的一生失意，我们所谓的暂失暂得又算得了什么？他能放下所有的负累，与来访的三五知己好友安然享受着"散发乘夕凉，开轩卧闲敞"的散淡时光，我们又有什么放不下？

在暑日田园里，有一畦新种的萝卜，有一架翠绿的黄瓜，青青绿绿的清爽回报着流淌的暑汗。

暑气在大地上蔓延，绿意在静心里滋生，让自己不受外物干扰的身心化为一缕清风、一树茂荫，为自己、为他人带来一片凉意。

十二、大暑

燎沉香，消溽暑

大暑，炎热至极，苦夏至此，已到了极致。一场急雨刚刚落下，就在蒸腾的热气里化作令人汗出心烦的暑湿。

当我站在一座山门的巨影里，头顶上的暑日如火，一路之隔的喧嚣市声都被挡在了感知之外。此时所能感知到的只有时远时近的梵唱从丹漆大门内袅袅而出，传至静下来的一池心水。一缕清凉也伴着木鱼清音吹过来，只是轻轻一拂，便拂褪了满脸的热红、浑身的溽烦。此身此心便在此时进入了另一个世界，世外的苦夏与我无关。

身处于日炙杂声中太久，才知一缕清凉的难得。被尊为婉约派的集大成者、格律派的创始人的周邦彦为北宋词坛吹来一缕清新之风，尤以一曲《苏

幕遮·燎沉香》备受推崇，且看"燎沉香，消溽暑"首句，便让人立时感受到沉香的轻烟正缓缓地抚平心底微澜，不复伏天的躁动。沉香的沉静与暑热的蒸腾恰好相应相合。

更有"水面清圆，一一风荷举"的金句，奠定了一位词人"浑成自然，又精致工巧"的千古词名，有此一句便可让此后的每个盛夏都能在清水风荷里得以清心静神。

于人，处处躲藏着烈阳，阵阵突袭的急雨，也猝不及防。而于稼禾野草，则趁着充足的阳光、充沛的雨水，让自己或长或短的生命都爆发出最热烈的生长状态。

高过殿顶的苍柏翠松将头上偌大的天空遮蔽得严严实实，偌大的寺院没有一处不是阴凉。我于仰望时，总也看不透、猜不到一棵数百年茂树的所思所想；我于阴凉的禅房外经过时，总也听不懂、悟不透身前经书长卷的日夜虔诵。

每一袭长袍僧衣下都生长着一棵茂树，比院中老树的生命更加长久，为经过树下的人带来更多荫蔽。

躲不过炎炎夏天的只是外在的躯壳。学识渊博、勤于政事的南宋曾几即便是身处赤日之下、苦于找不到清静之地的时候，也不忘以"炎蒸乃如许，那更惜分阴"自勉。在他看来，对光阴的惜之又惜可以忘记书外的身陷炎蒸。连这炎蒸的暑热都已忘记，又有什么书外之事可以干扰他的苦学勤研？

谥号"文清"的曾几亦如那位禅房老僧，于古寺长卷里觅得一室清幽，于治世为政之余，闲写着"经书聊枕籍，瓜李漫浮沉"。他枕着经书，继续写下"兰若静复静，茅茨深又深"，这般娴雅清淡、气韵舒畅的诗句应也是出于远离喧嚣的林荫深处吧，读来是如此让人向往。

转瞬一生的流萤将几枚微卵产于荣又复枯的草叶上，在"腐草为萤"的念叨声里，用几点微光照亮窗前的苦读表情。

再次走过这道大门时，身后多了荷影轻步的相送，几点幽幽青灯替代了白光灼灼的夏日。青灯照亮的前方不远处可以隐约看见暑尽而至的立秋凉影，更远处还有与酷暑一样难熬的严寒。

再次融入寺外的俗世，却也变了模样，掠过池柳的夜风不再那么热气扑面，身边的车流人语不再那么嘈杂乱耳。

池间的花语，世间的暑凉，喜烦在乎一心。唐代山水田园诗派诗人韦应物年少时也曾豪纵不羁，以至乡人苦之，正如他诗中所言，是那个"炎炎日正午，灼灼火俱燃"的夏日，让一颗年轻的心浮躁不定，以致于"翻风适自乱"。是他自己在内心烦热中迷乱了方向，而不是正午的如火烈日。

后逢安史之乱，流落失职，他开始立志读书，似迷途的孩子找到归家之路，在读到"归视窗间字，荧煌满眼前"时才知道，原来指引他归来并使其诗句煌煌留世的正是窗前的点点荧光。

所有的收获都要经过这个至热的六月。"六月不热，五谷不结"，满足最低限度饱腹之欲的食粮讲述着朴素的至理。

　　我从一座避暑的寺院走过一条人来车往的繁华街道，又走过一片长势正旺的田地，头顶的烈日和即将来临的一场急雨都让我浑然未觉。

时暑不出门，亦无宾客至

　　熬过最热的大暑，就等来了最丰厚的稻熟。忍受着烈日如火的田间身影最懂得"不热不冷，不成年景"的含义，对于暑热也有着最切肤的体会。

　　多方打听才找到这个老城区里的小区，近午的伏天烈阳似要将斑驳的墙皮晒得脱落。电话响了许久，那头才传来一个疲惫中略显含糊不清的声音，印象中那个意气风发的形象似乎被这闷热的天气消耗了太多心神。

　　握住那只手时，感受到了病后的虚弱，而那张兴奋的笑脸又露出了久无客来的欣喜。我想，如果不是一场病，他也是难得有这种少有人来的清静日子的。

　　当那个生性乐观的唐代白居易于刻苦读书、年轻入仕时写下"时暑不出门，亦无宾客至"时，一页被汗水打湿的稿纸被风掀起一角。如果没有经历一场生死，他也不会这么深切地体悟到生命的无常，不会感觉到时间如此珍贵，不会这么着急地去完成一部大部头著作。

　　白居易写在暑湿稿纸上的那一句"资身既给足，长物徒烦费"道出了对自己生活的知足。无论是贬谪江州，还是外调苏杭，即使晚年居于洛阳，也从未放下手中的悯笔，书写着"穷则独善其身，达则兼济天下"的人生观，在他的情感词典里是找不到消沉与抱怨的。

一只萤火虫借助大暑的极热，在枯草间孵化而出，在迟迟暮色里追随着月亮的光芒。

我把自己的薄薄新书递到那双手里。他的右手还没完全恢复，掀不动一页轻纸，左手的动作显得十分生涩甚至有些笨拙，但他还是逐页认真地翻看着。

与一位著作等身的学者相比，自己的拙作实在汗颜不已，但又想听到几句夸奖。像追随着月光的那只小虫，明知达不到月亮的亮度，却还是想要发出自己的微光，照亮脚下的路。

同样是萤火虫的微光，有时亦能烛照千古，就像在晚唐徐夤眼前飞过的那一只。被誉为"锦绣堆"的文章字字珠玑，在《唐才子传》《兰陔诗话》诸多史籍里萤留，"流光堪在珠玑列，为火不生榆柳中"，他的流光溢彩注定不会生于普通的榆柳之中，他的珠玑之才注定不会被历史流沙所埋没。

自己写下的文字只有自己最懂吧？只有那只心意相通的萤火虫才能读懂那个拂衣而去、归隐垂钓的背影，"一一照通黄卷字，轻轻化出绿芜丛"。后世追随的文人墨客可以在科举考试的名录里一睹他的辉煌，却不能在那方钓

石上再寻他的去踪，像一抹流萤毫无痕迹地消逝于绿丛。

当热到难以忍受的时候，一场令人浑身通透的大雨也必然会适时而至。只有大暑的大雨才能让遍地绿禾喝个痛快。

在此之前的许多年，我从未想到会在这样的情境中与崇仰已久的前辈见面。而给予我悉心点拨的前辈自己也不曾想到，自己会在鬼门关上转了一圈又回来。也恰好在此时见面，此时我所听到的、得到的是经历过生死之后对生命有了更深体悟的指引，是一场通透了身心的清霖。

对于暑天凉爽的感恩，一方苦民有着更真诚的表达。北宋集政治家、书法家、文学家、茶学家于一身的蔡襄在为暑热中的福州送去七百里松荫时，当地百姓用世代流传的歌谣唱颂着一位正直官员的不朽政绩，"夹道松，夹道松，问谁栽之，我蔡公；行人六月不知暑，千古万古摇清风"。

无论是为文、为官、为书，都急盼着这样的清风，都盼着这样的透凉时雨。北宋有了蔡襄，就有了一树清风，就有了"清泉流高岑"。清泉流过为政的高山，又流过文学与茶学的高山，不曾停留，又流过蔡襄的楷书，留下了浑厚端庄、淳淡婉美的"宋四家"之一，一直流淌至今。

解烦去暑的大雨时行，让人感觉到了秋意的临近，让人可以用临近的期待来耐受一年中最热的中伏。

看着那只用力攥着铅笔的左手在《四库全书》打印稿上写着歪歪斜斜的批注，这项健康人看来都感觉不可能完成的任务已经正式列入他的写作规划。

即便因为身体上有病痛，要付出比平常人多上许多倍的时间、多上许多倍的汗水，也要为了又一个慢慢临近的目标而默默坚持，默默前行。

一盏小小台灯就是他这一方天地里的雨后凉月。我想，他是和行走在雨后灵岩寺的北宋冤亭卞沐浴在同一月色中的。"夜月透岩白，乱云和雨收"，在这静夜里，他们都已听不到墙外的暑热躁动，看不到世外的迟日乱云。这轮能够透射坚岩的月光把他们眼前的路照得一片透亮、一片澈明。

我也想走近他们，走近那片即将收获的秋凉，在那里，可以时时享受"大暑不知夏，爽气常如秋"的身心舒适；在那里，自己想要什么样的季节全由自己决定。

火热的夏季阻挡不住那些美好的希望，一株仙草、一个凤梨也如一弯凉月一样令人解暑，令人心生满足惬意。

独处于一方幽室，用一颗无所扰烦的心避开室外的暑天极热，亦避开纷沓烦躁的人声车鸣。

第三章

秋

　　秋风消暑，秋叶层染，收获与感伤在渐凉的秋意里交织。追溯秋伤的源头，莫过于那一句"蒹葭苍苍，白露为霜"。从一叶秋露一片秋霜开始，那轮明月就多了雁去的离愁，就多了床前的乡愁。

十三、立秋

早秋惊落叶

立秋的微凉被一片落叶最先感觉到。

走过操场边那几棵梧桐树时，正有叶子落下来，在空中经过了无数次回眸之后，还是落在了我的脚下。一片秋叶在风中离去的步伐和当年我们离开校门时的依恋是如此相似。

我们在走出校门的那一刻，也曾有过这样的回眸，在这样的回眸里渐行渐远，最后彻底断了与一棵树的联系。

叶落还能归根，而树下人或许还不如眼前的这风中枯叶。从南陈故国走来的这树下的孔绍安感受到了秋风里的肃杀落寞。他将自己的感伤寄予

那片落叶，悲吟着"翻飞未肯下，犹言惜故林"，故林与故国都将逝而不返。此身难返，而他的心还留在故国不肯离去，依旧深深依恋着梦中的山山水水。

回不到故国的人于无限失落中写下"早秋惊落叶，飘零似客心"。虽然他少时即闻名世间，虽然他入隋而登监察御史高位，虽然他入唐而拜内史舍人，深得唐高祖器重，但身为故国遗臣，秋刀斩落的片片飘零黄叶都似他漂泊无归的客心。

除了感伤的诗叶，惊心的秋声里还有几声寒蝉的孤鸣，它们仿佛用尽了所有的气力，想用最大音量的片尾曲让一个盛夏的故事以如此凄美的方式结束。立秋的落寞蝉声总是不同于夏蝉的聒噪无忧。

寒蝉的挽歌亦结束了操场边的一个个故事。与秋风寒鸣一起擦身而过的是新入校的学弟学妹，是他们让我更加感到那些故事的遥远，也让我感到下一场秋风里，树下又是一场别离。道不尽的别离如同风摇不止的纷纷桐叶，每一场别离都是一叶一树之间的伤情。

可惜没人记得住随风而逝的故事。那是一个晚唐的立秋，那是一场关于杜牧的诗坛佳话。"别离何处尽？摇落几时休"，才名远播、交游甚广的杜牧每当面对一场聚散时，都会为世间飘落诗篇，这一句对秋而问已无从溯查是为故事里的哪位故人或是哪位佳人所寄。

为一个故事增添背景的是吹落一片黄叶的秋风。"风吹一片叶，万物已惊秋"，不羁于那个时代藻绘绮密之风气的杜牧自己就是一缕清风，吹过晚唐诗坛，既风华流美，又神韵疏朗，既气势豪宕，又精致婉约，风过处，诗中的所有景象与情感都有了独具况味之美。

能让人对一个秋天念念不忘的或许只是一个如诗的片段。初秋的露华沾湿了农人的裤脚，更沾湿了诗人的深情眼睛。地气的余温与西来的凉意相遇在知秋草叶上，便凝成了一双双流波顾盼的明眸。

月光爬上校园的矮矮围墙，又经过那一树的窸窣低语，在身后洒下一地的斑驳流影，似我们一起在这里重叠了无数次的脚步。那些并不遥远的片段在碎影重步里还原，却又总是笼着一层淡淡的露色，那一层朦胧将曾经的笑语欢声隔得那么远。还是那片月光，却在愈浓的露气中，让人平添了太多怀念里的乱绪无解。

相对于叶黄露白的杂绪，风花雪月的雅致在记忆里总是短之又短，倒是这忽生的秋思在余生里久久挥之不去。唐朝诗人戴察宛如一抹来去无声的秋露，虽只是朦胧中的一瞥，只是一句"萧疏桐叶上，月白露初团"，就让他在《全唐诗》中留下千古诗名。尽管我们不知道在闪动着秋露的桐叶上究竟发生了什么样的真真假假的故事，但我们那么深刻地记住了秋意萧索的意象。

带着别样伤感的意象，让人看不够，思不尽。"莫厌窥临倦，将晞聚更难"，或许生平与诗作一样惜字如金的戴察早就在秋夜的梧桐树下预知到

了身后千年的归宿，任凭这秋夜愈深的倦意阵阵袭来，还是不忍离去，他知道，一旦错过了今夜今秋，明天太阳升起的时候，便永不会再相聚于此地此秋。

"一场秋雨一场寒"，比忽降的白露更令人感怀的是愈凉的秋雨。一滴雨落在树下的枯叶上，便是一滴不愿离去的清泪；落在桐影外的豆荚上，便化作一串跳跳闪闪的金光。

对面又走过来一个似曾相识的年轻面孔，诗一样的表情与我们曾经走过叶落如雨时一样。

暑赦如闻降德音，一凉欢喜万人心

那一声"报秋"从宫中传出时，田间一株即将成熟的嘉禾立即在秋凉中揪敛了宽厚的深叶，将所有的养分水分敛归于孕育的果实。

大门是开着的，踩着砖砌小路上的两三片桐叶，走进这处院落。小路边的畦垄间，几个衣着朴素的人正忙着给庄稼浇水。同行之人指着蹲在地头上的那个中年人告诉我，他就是这片园子的主人。

我看不清园子主人的样子，他正低头拢理着脚下的长长红薯秧，秧下的高垄已被看不见的膨大薯块撑出一道道裂纹。"哗哗"流过来凉丝丝的甜水，飞快地溢满了深深裂纹，似咧开嘴憨笑的薯垄，让我想起那一句"一凉欢喜万人心"，沁凉甜水流进薯块心里的"欢喜"也欢喜着垄边之人。

这样的欢喜是能感染许多人的。南宋时登第的方回应是见到了与我一样

的初秋田景，才会有同样的笑意泛起。那个蹲着看薯秧薯块的人和那个书写社会现实的诗人都听见了它们在秋风里的咯咯欢笑。那些笑声里有"暑赦如闻降德音"的暑烦已消，有"终是相将蟋蟀吟"的平静和美，垄间的生灵与看着它们的眼睛都沉浸在短暂生命里的短暂安好中。

懂得禾稻心思的农人趁着立秋这个重要节点，加紧浇灌，追肥耘田，让"立秋三场雨，秕稻变成米"的农谚变成真实的丰收。

那位园子的主人伸过手来想做握手的动作时，才想起自己的两手黑泥。我们一行人跟着他行走在自己设计、管理的偌大院落里。

我惊异于刚刚转业的他可以像熟悉自己的孩子一样随口说出一块玉米地的生长习性，可以清楚地知道玉米地旁的小树已经长了几个年头，知道它何时挂果。孩子在父母眼中是最美的，眼前的秋叶初实在他的眼中呈现出一片"和烟飘落九秋色"的美景。

面对这幅初秋美画，面对那几亩试种的新稻，他的心里与那位晚唐诗人吴融有着同样的"随浪泛将千里情"，但又有着不同——身处唐末乱世的吴融站在秋夕稻风里，想得更多的是自己的身世漂泊，随风感叹着生不逢时。

今人与古人都不是画中主角，主角是豆角架上的斜阳，是棉花枝间的清风。在混乱、矛盾的晚唐，这位诗人怀着复杂的心情，将"斜阳照处转烘明"

"看着清风彩剪成"的精彩瞬间定格，让许多年后的我们可以另一种心情重新欣赏到曾经的画面，并且画面里的细微颜色还是那么清晰。

不甘寂寞的秋虫也从画面的一角钻出头来。这些小虫与秋田中的人们共同分享着一颗丰满果实的甜脆，共同沉浸于一叶肥美蔬菜的甘润。

我问起那几个一起忙碌于畦间的农人，他们的话语里多了一些亲切："都是村里的老邻旧居来向我学种植经验来了。"原来这里不只是他自己安然终老的田园，更是让许多人受益的福田。

他与他的乡邻共同分享着近在眼前的丰厚回报，在他们的眼中，与田间瓜果相伴，感觉不到丝毫劳累。这样的篱下之乐，又有谁不在苦寻、不在羡慕？宋代那个游方十七年的释道璨也在自得于"槿花篱下占秋事"的生活。

哪怕方外之人，也陶醉于秋凉之美，"碧树萧萧凉气回，一年怀抱此时开"，辽阔天地正敞开胸襟收纳着一年中的所有努力与汗水，所有风景都比不过苦夏过后的凉秋。这样的日子适合邀朋唤友，在篱下同醉，似诗中的"早有牵牛上竹来"，似牵牛长藤与竿竿青竹的相邀共醉。

每一颗果实都祈报着春天种下的一粒种子，每一片秋叶的颜色与每一张笑脸都是最虔诚的社礼仪式。秋社这一天，出嫁的女儿带着自己的孩子的归宁，以特殊的仪式回报父母的养育之恩。

同行的人说起园子主人的另一个身份，他还是一个村庄的主人，或者说是村庄的带头人更贴切。他在一个春天把一粒憧憬的种子种在每个村民的心里。

在这个秋天，走过他自己的这片园子，走过村民心里更大的园子，那粒种子已化为五彩的颜色，化为丰富的滋味。不用他多说，经过的人看在眼里，慈悯的上苍看在眼里。

上苍给了这片田园如此厚赠，任谁都不愿离开。如同晚唐韩偓，在苦苦寻觅晚年栖止时，寻到了南安葵山，在这里过起了樵耕日子，从此，世间少了一个十岁就诗惊四座的神童，山间多了一个力辞高官厚禄的"玉山樵人"，多了"此身愿作君家燕，秋社归时也不归"的反复吟唱。

畦间的清水照着如此相似的两个面容，"稻垄蓼红沟水清，荻园叶白秋日明"，也像两轮清澈月光，一轮照出了诗坛的"香奁体"，以特殊的香气醉了尘世里的忙碌凡生；一轮照出了村庄的富足乐业，照在一条无限光明的康庄大道上。

立秋的香甜在暑蒸过后的虚弱身体里蔓延、充实，农家的自给自足是最好的调养上品。

随手摘下一串彩椒，或是一个番茄、一根黄瓜，像捡拾着遍地的黄金珍玉。又一阵秋风扑面而至，细嗅着其中飘送的味道，越来越近，越来越醇厚。

十四、处暑

我言秋日胜春朝

　　"处暑"二字均为仄声，读起来带着些干净利落。夏季残留的暑气到了秋季的处暑，戛然而止。接下来才是真正意义上的秋天。

　　我绕过一处小小泥洼，继续感受着迎面而来的微风，凉丝丝的，是昨天一场秋雨带来的清爽。同行的远方朋友贪婪地大口猛吸着清凉空气，似乎想要把秋洼里无处不在的凉意全部吸进身体里，然后带回远方的城市。一场凉爽的秋雨已将眼前一切洗刷一新，没有了那一层暑气隔离，我们可以清晰地看到天地交汇处的一条曲线。

对于经历过暑蒸热熏的人来说，令人精神一振的秋景胜过任何一个季节。被誉为"诗豪"的唐代诗人刘禹锡，其简洁明快、风情俊爽的诗风用来描写秋景最是相宜，"自古逢秋悲寂寥，我言秋日胜春朝"这句诗背后的刘禹锡其实是经历了数次贬谪、数次起用的大起大落，可是，他的性格里始终带着一股坚韧豁达，才会于秋风萧瑟之中，发现胜于春景的秋日之美。

屡遭打击的刘禹锡用自己的开阔胸怀和雄直气势写下了"晴空一鹤排云上，便引诗情到碧霄"这样豪气万丈的诗句，有了这样的心胸与豪情，让他的诗中风骨在大唐诗坛独树一帜。

主肃杀之气的金秋让高天之上的苍鹰远目，可以更强烈地感受到身体里涌动的豪猛。"鹰祭鸟"的物竞天择是属于凉秋里的残酷抑或是壮烈。

我以最大的角度向极高处的长空仰望，一抹淡淡的轻云在澈蓝高天上随心而飘。另几双仰望的眼睛也在无边湛蓝里随意追寻着、追逐着一片心仪的流云。看，风筝！一个不可置信的声音指向流云之旁，一双张开的翅膀以近乎凝止的姿态在极目所至的高度盘旋。哪里会是风筝，那是一只俯瞰大地、炬目如电的雄鹰！

朋友们纷纷掏出高像素手机，架起相机，可是，再高倍的摄像头又怎么比得过鹰目之远？地上的我们无法看清它的苍羽之纹，而翱翔碧天的它却可以看清我们的每根发丝。

在天高云淡的清秋，还缺一骑疾驰烈马与飞鹰共逐西风。继屈原、李白之后，又一位颇享盛誉的中唐浪漫主义诗人李贺将大漠秋风的雄阔以惊世之笔写出，"大漠沙如雪，燕山月似钩"，虽是秋景，却被他写得如此寒气侵骨，这样的苍凉莫不是冥冥注定了他二十七岁的英华早逝？

被誉为"诗鬼"的李贺哪怕在世间只剩一缕游魂，也要继续以空灵奇谲的笔墨写下"何当金络脑，快走踏清秋"这样的神来佳句，韩愈、皇甫湜等与他同一时代的大家们见此句亦是扼腕空叹不已。

流传千古的诗句在璀璨的盛唐夜空轮次绽放，养活万民的禾谷趁着秋高气爽集中登场。"禾乃登"，被统称为"禾"的黍、稷、稻、粱的成熟也被统称为"登"，带着动感，溢满醇香。

那些灼灼繁花、争荣茂叶随着暑热消退着颜色，我想为眼前的秋色定一个主调，却又感觉不可能办到。单是生于同一条土路旁的野草那多种色彩的杂糅就令人无法分清谁是主角，那些杂色有花落结籽的微黄，有顶端绿叶转为深青，有近根奔叶已镶深灰。

还没有细分眼前的颜色，视线更远处的农田有更多颜色的融合。有高粱举过头顶的深红，有玉米怀里抱着的白尖长轴，有雀声绕飞的黍穗深黄，还有一身旧衣的深青泛白也融合其中。

顺时成熟的五谷最终成为秋景里的主角，用丰收的喜悦冲淡悲秋的气氛。南宋诗人陆游兼具李白的雄奇奔放与杜甫的沉郁悲凉，他的喜悦来自自耕自

获的田间悠然，"四时俱可喜，最好新秋时"这样的场景应是出现在他罢官赋闲之时。

心系抗金成败的陆游也应是在听闻前方捷报之时，才会看到满野禾熟时愈加心生欢喜。有了这样的满心欢喜，有了收复河山的无限希望，他才会生出"柴门傍野水，邻叟闲相期"的雅兴，才会寄身柴门而安享晚年之乐。

居于夏暑与秋凉之间，处暑带给一位耕者、一位诗人同样的喜悦。他们的喜悦跟随着"一场秋雨一场寒"的步伐，走进生命的更深处。

与所有心怀喜悦的人一起行走在被秋雨澈净后的田野。吹在脸上的风，微凉中多了黍香；飘于远方的云，淡逸里多了诗意。肤之所触，目之所及，都让人真实地感觉到原来这就是秋天原本的模样。

离离暑云散，荷花半成子

秋天的脚步悄然逼退了湿热的暑气，一丝清凉的气息在落花青果之间蔓延。

经过梨园里一栋二层小楼时，朋友们纷纷到栅栏门前留影，有人说，等自己老了，也在树园里盖这样一个小屋，每天看着春花开了又被秋风吹落，在平静缓慢的寒暑交换里度过余生。

我不喜照相，信步走到不远处的一方静塘，闲赏池中余下的几瓣荷花。

在糅进了浅黄颜色的荷叶之间，高高举起的莲蓬已然超过了那几瓣荷花，成为处暑里新的主角。

秋凉驱走了暑蒸，肃气催散了荷花争艳的盛景。在盛唐之世恬然自处的白居易阅尽了京城的繁华之后，此刻享受着隐于乡间的田园清静，当此处暑复至之时，又带着几分离别的忧伤，写下了"离离暑云散，袅袅凉风起"。这次的分离当与知己元稹有关，每当想起彼此的诗词唱和，似秋风吹过淡淡忧伤。

同一池秋水却无法重现往日佳景，"池上秋又来，荷花半成子"，炫目的荷花胜境已然逝于悲秋，却也不尽是悲凉，残荷逝落之时亦是青青籽实成形之时，那是留在心里的一份美好记忆吧。有了往日的佳景，还可以聊以慰藉今日的悲秋。

昼夜的温度拉大了差距，拉长了天与地之间的距离。七月八月看巧云，缥缈的云朵反而在蓝天之上愈加清晰，恢复了一片一片的简单纯白。

几片梨叶的青影在塘边卧石上流连，还有一位画家把自己画进了清凉世界。我尽可能地发出最细微的声响，拉近与一幅即将完成的画作的距离。在浓笔墨下，荷叶间的深青长柄，被无限延长，占据了将近一张宣纸的长度，在尽头处的微倾莲蓬上，随手画上了几个不规则的圆点。

似乎太简单了，在我这个不懂画的外行人看来，大片的留白似乎缺了些什么，又似乎什么都不缺，像简单变幻着的白云，想什么就是什么。

对眼前的喧嚣选择视而不见，自然简单澄明。南宋时已有诗名的仇远本以为自己在元朝会得以重用，却没想到不久即被罢归，让他冷静地顿悟到"因识炎凉态，都来顷刻中"。像曾经无处躲藏的暑热在一朝之间被驱退，快得让人猝不及防，这样的命运急变让他更清楚地感受到世态炎凉。

一切都失去了，也就一切都放下了，唯有在此处境之中，才会有了"残暑扫除空"的心境。自己空有才华而不得施展；面对时过境迁，才有了"纨扇笑无功"的苦涩自嘲，在"无功"之中反而获得了无事之闲。

夏暑与秋凉的分界点是靠处暑时的一场雨决定的。雨水洗尽了世间浮华，将迷离的五彩褪尽颜色。

朋友们也围聚过来，看池中疏淡的荷影，看随意坐在石头上的画家，看那幅快完成的画作。有人小声地议论着、评价着画里的单调颜色：原本就已疏落的荷花、已黄染的薄叶、已瘦细的长柄，到了那张薄薄宣纸上，只剩下了一种墨黑。

那些声音在那位画家耳边轻轻飘走，仿佛没有听见一样，或是听见了，也只是淡淡一笑，像池中的漂叶，只是微动于忽凉的微风。

经历过难耐的酷热，经历过浮躁的年华，方知一场凉雨之珍贵。南宋一位名叫苏泂的诗人在与辛弃疾、姜夔这些名士唱和诗作时，当处于声名正显之时，他的那一句"白头更世事，青草印禅心"应是在淡泊声名之后所作吧，

读来带着看透凡尘的意味。与青草一起老去的年华里，沉淀了一份禅意的智慧。

正是有过身处荣光之中的骄傲，苏洵才能更深切地洞察世事、看透凡生，更加珍惜晚年的闲居无求，"处暑无三日，新凉值万金"，处暑于他而言，是人生的黄金节点，处暑之后的每一天都是千金难买的无比惬意。

不同于百花争艳的春，不同于茂叶蔽空的夏，标志着真实秋天的处暑孕育着低调的收获。"争秋夺暑"，只有悄然鼓胀的籽粒才听得懂这句话，尤其是从农人嘴里说出来。

我们像耐心等着一个季节结束，静等着一支画笔不紧不慢地完成了最后一笔。画家这才开口说话，是来自大城市的标准普通话。我们知道了，他每年都会拿出一段时间走出城市，走到乡间，找一处僻静所在，心无杂念地创作。他的所有成果都是在这样的状态下创作出来的。

飘香的瓜果不去管人间的情愁。清朝雍正皇帝勤于政事、雷厉风行的风格对康乾盛世的连续起到了关键作用。重农轻商的皇帝看到的是"将陈瓜叶宴，指影拜牵牛"，他所拜的是祈望农家丰收，是人间的团圆；他所用于祭拜的是农家自种的瓜果，是一片忧民济世的诚心。

雍正帝也有着平常人的情愁，"天上双星合，人间处暑秋"，在这个凉月满天的年岁更迭里，不知道身为天子的他所想念的人又是谁？对于人间的离合悲喜，身处权力中心的他感受得应该更加深切吧。

结束也是开始，眼里有清风明月，处处都有收获。即便是淡淡的伤秋，也是诗人的灵感之源。

想想刚刚结束的夏天的故事，为秋天的故事埋下了一段伏笔。拿起手中的画笔，趁着这天高云淡，画出一片自由想象里的云朵，让淡然的心情随着流云飘向想象里的栖居。

十五、白露

一川白露下蒹葭

白露之名并不是形容它的颜色，而是形容清冷金秋的原本属性。

我遇到的眼前这棵芦苇、这颗晨露还是两千年前的蒹葭与白露。因为我和写下"白露未已"这句诗的人走进了同一条河流，有着同样的等候。不同的是，他等的人还可以在溯游之间寻到恍惚可见的芳踪，而我找不到与所等之人有关的任何痕迹，就仿佛她从未在白露的光影里出现过。露水打湿了寻履，丝丝离愁湿凉从脚底蔓延到心里。

清冷的白露，每一颗都有着各自的孤独。南宋著名文学家洪迈以一颗孤高冷洁之心，在出使金国时不行陪臣之礼，以一己微身维护着大宋的尊严。

"怪底朝来衣袖薄，一川白露下蒹葭"，异国的秋晨冷露那么残酷地湿了身上薄衣，如同无处不在的白露湿了河边的满眼蒹葭。走在苍茫的前路，内心是如此迷茫而清冷。

白露与蒹葭的意象组合让洪迈更加生发出无限思愁，"江湖久客日思家，坐觉微霜上鬓华"，那一川白露不只是化不开的家国离愁，更是化不去的鬓上华发；一朝露白让人恍然惊觉自己已在身世飘摇之中离家太久。自己向往的朗朗清世又在何方？

白露鸿雁来，它们暂居的南土只是一个季节的停留，居于南土的人也习惯了一行又一行的候鸟飞来飞去，他们知道那一双双翅膀不会停留太久。

她终是踏上了一列火车，向着与我相反的方向出发，我不能确定火车停靠的某一站是不是有她寻找的温暖。那里应是她的暂居之地吧，我总是这么想。

我不知道，在这个早晨，是否也有一颗晶莹的晨露像一段流转的时光在她的眼前滑过，那段时光留住我们共同的回忆。在这个秋天，我在流转的光阴里，将无边的思绪向前回溯，回溯到最初的相遇。

转眼秋风，倏忽露白，有太多的来不及。写下《三都赋》的西晋文学家左思耗费十年光阴，将蜀都、吴都、魏都的繁华凝于笔端，留下了"洛阳纸贵"的佳话，也把自己的年少才华留驻于岁月深处。"披轩临前庭，嗷嗷晨雁翔"，他在赋成之日打开晨窗时，只闻秋风里的雁离声声，此时雁声是那么陌生，离当年的雁鸣已经那么远。

当左思感叹着"秋风何冽冽，白露为朝霜"，感叹着光阴如此飞逝时，他不知道在自己昼夜苦思之时，门外的柔柳已不知绿黄了几度，"柔条旦夕劲，绿叶日夜黄"，昨天还是满眼的春绿，仿佛就在一夜之间，在叶尖一滴冷露里化作一朝秋黄。十年的漫长与一个昼夜的漫长在一朝白露中画上了等号。

冷露同样湿了鸟儿的羽毛。群鸟养羞，羞是简化的珍馐佳肴，就像简化的生存目标，此时贮存下越冬食粮，只是为了延续活着的目标。

在我眼中，一对忙里偷闲梳理靓羽的鸟儿正在低语，像是两个在这里经过的人曾经说过的话。她说，喜欢漫步在这样的静静秋晨，静得只能听见几声早起鸟语，呼吸着清凉湿润的空气，像行走于一场脱离浮喧的远梦。

像一只鸟对另一只鸟的述说，她描绘着自己想要去的远方，那里有一座临水的小木屋，院前院后种满枣梨桃杏，在任何季节都可以闻到果木的甜香，

尤其是在秋天早晨醒来的第一眼就可以看到挂在红通通果实上的晶亮露珠，像一双双对视的眼眸。

鸟儿的倦啼与苍茫的秋景最能唤起淡淡的离伤。写下《洛神赋》的建安

文学代表人物曹植眼中的缥缈洛神其实不过是代表着自己的简单愿景，只是因身处于三国纷争、太子之争的诸多旋涡里，让他的简单所求变成终生遗憾，他眼中的"游鱼潜渌水，翔鸟薄天飞"何尝不是自己的身不由己呢？可惜一身才华，被誉为"天下才有一石，曹子建独占八斗"的曹植只能像深潜水底的伏鱼、徘徊愁云的疲鸟一样，在忧郁里漂泊不定。

他是客行他乡的游子，才会苦叹着"眇眇客行士，徭役不得归"，与苦于徭役疲累的凡民一样有着同样的归家之盼；他是瞬绽瞬落的灿星，才会无奈于"始出严霜结，今来白露晞"，无奈于那些隽永的诗句，迸发于严酷的生存环境，无奈于灿烂的生命，像光洁露珠般易逝于朝阳。

星光浮沉，来来去去。又一个昼夜的温差让阴气重新凝结于枯白的叶底，洒落的月色也被凝留在一片苍白里。夜越深，地表的阴气越重，直至凝成有形的点点滴滴。

我分不清此时的白露迷离是在送她离去的早晨，还是等她回来的月夜。从草色变白的那一天就明明知道她不会再回来，可还是在凉月如水的长夜，忍不住走进这一片苍茫天地间，想在一丝晨曦与一滴露珠的光影流离间，伸手抓住那一瞬的芳华。

露从今夜白，月是故乡明

秋草上的白露应是归来玄鸟留下的一滴思泪，与思乡人的泪水一同在季节里流转。

我跟着两位早起晨练的老人融入一座城市弯弯曲曲的小巷里，一枝梧桐从某家墙内伸出来，在路灯下的照耀下闪闪发光，那是异乡过客的长影在叶间秋露里的留驻。

相比于我这个暂住客，两位老人俨然已与本地人没有任何区别。他们像熟悉儿时经过的每一条乡路一样，知道城市里的每一条长巷通向哪一条马路，知道最早一班车从哪里经过。"露从今夜白，月是故乡明"，在我的思绪里，头顶上的路灯恰如指引着归乡之路的明月，我在这样的明月里，想着老人归乡暂住时的历历情景。

我想，那位心系苍生、胸怀国事的唐代诗人杜甫应是在被白露打湿鬓角华发时，想起了故乡那轮明月吧。思乡心切的杜甫乘着一叶战乱中的小舟，顾不得年老体弱，顾不得"戍鼓断人行，边秋一雁声"的凄凉，在归乡之路上辗转，想早一天到达遥远的家园。可是，一直到五十九岁病逝，他还寄身归路的漂泊孤舟中，还没有回到生长于斯的故里。

白露勿露身。从夏至就开始滋生的阴气，到了此时，已凝成有形的沾衣露水，凉气袭人。

坐在通向公园的班车里，窗外的低树高楼缓缓向后退去。老人向我问起故乡那几间老屋，问起院里的那棵老枣树，想在我的描述里溯现一幕幕亲切的场景，溯寻一个个鲜活的故事。

当问到村中一位老友时，我如实告知其早在几年前就已病逝。老人的脸上不禁现出无限失落，但更多的是无奈和感慨。自己老去的残躯就像秋露中的易落老叶，像白居易自喻的"惨澹老容颜，冷落秋怀抱"，不知哪一天，自己就如落叶般飘逝于冷落秋风中。

谁也逃不过白露的透骨凉意，越是在老去之时，这样的悲凉越甚。少年白头的白居易过早地老去，过早地叹息着"八月白露降，湖中水方老"的无可奈何。这种无奈在参加了洛阳的"七老会"之后更加深切，他自知再难有"七老"之聚，才会发出"万里何时来，烟波白浩浩"的空自嗟叹。浩浩江水一刻不停，将老去的短短余生毫不留情地匆匆带走。

感叹着秋露渐凉的除了感伤的老人，还有一洼抽穗扬花的晚稻。在多愁的季节，它们时时担忧着"一夜凉一夜"的秋雨降温，又时时担忧着"秋旱断种粮"的旱年歉收。

凉风习习的公园里早就有了坐车或骑车前来的老人正以各自的方式重复

着每天的锻炼，像一株株晚稻焕发着生命的热情。我身边的两位老人抓紧时间在湖边做着热身活动，他们想以此种方式减缓生命衰老的节奏。

他们比它们承载了更多。他们也想出去游览风景，但也放不下照看隔辈人的任务；他们想让子女多花时间陪伴自己，但又不愿因病痛拖累别人；他们想回到小村终老，却也知道只能等到长眠不醒的那一天，只留下"悲秋将岁晚"的空想。

千古同愁的唐代颜粲记不清在什么样的年纪、在漂泊于何地时，看到了满眼的"遍渚芦先白，沾篱菊自黄"，也无法确定他是悲于自己的白发，还是悲于幻想中的篱院。当傍篱菊花又绽放着亮黄时，他还没有停下漂泊的脚步。

唯一可以确定的是他那种无处归依的孤独，那一声"独念蓬门下，穷年在一方"引发了无数老于他乡之人的同病相怜，这种孤独不是因为物质生活的贫穷，而是因为精神世界的无助，是穷尽一生也回不到家园的无助。

如一位历经风雨的老人，对于乡情，有别样的体味；有一种茶叫作白露茶，经历过春雨，经历过夏火，经历过秋风，才有了别样的醇香。

回去的路上，我们没有坐车，一路走一路继续着老家人与事的叙述。老人问起家族中健在长辈的近况，问起他寄回的那些小吃、挂历、窗花给各家各户送去了没有。人不能回乡，只能以物相寄。

对于老人问不完的问题，我有太多惭愧于答不上来，此时，我才发现，虽然从未离开，但对于老家那些人名的熟知，我竟然远不如离乡半生的老人。这位老人竟然可以记得住数十年前在某家院门前某件小事的细节，让听者不

知不觉间也走进他记忆里"回风入幽草，虫响满四邻"的悠远而温馨的场景。

还好有回忆里的温情可以慰藉浓浓的乡情，让精神家园里始终有一处属

于自己的村中小院。常聚文雅好友饮酒题诗的唐代姚系亦用往日的声声虫响慰藉今日的"孤琴"。不只是虫响琴鸣，还有"会遇更何时，持杯重殷勤"的美酒余味，让白露里的庭梧又回到了记忆里的模样。

无声凝结的秋露凝住了时光里的忧喜悲欢，凝成了一道暑与凉之间的有形分界。

从离开村庄的那天起，潜藏在身体深处的乡愁就已滋生，只是自己恍然不知。当露水折射的月光在眼前闪动时，才深深理解一位老人的思乡情结，蓦然回首，自己也像那位老人一样离乡愈远。

十六、秋分

燕将明日去，秋向此时分

　　一个秋天的中心点和一个白天黑夜的均分点在秋分这一日重合。秋分之名不只限于时间的长度意义。

　　火车横穿过一条秋光潋滟的玉带时，旁边一位老人对一脸兴奋的孩子说："这是长江。""哦，原来这就是分开了南方和北方的长江啊！"我在心里也像孩子一样恍然大悟。我想细细感受长江两岸的温差时，几只飞燕从视线里掠过，不知道是追赶着南行的列车，还是与消瘦江水依依惜别，听不见它们高低怅飞时的话语。

　　一江秋水分开了亲人两地的惦念。清朝一个名叫紫静仪的女子，一位只

留下寥寥数语简介的母亲，在一个燕啼阵阵的秋分，将"燕将明日去，秋向此时分"的这份惦念寄予远方的儿子。她像那几只飞燕一样，敏感地感觉到天气的渐凉，愈重的寒气正从地底升起。

她也清晰地忆起昔日的分离，她似一江瘦水，流淌在明日复明日的思亲中，一次次地默吟着"归帆宜早挂"，期盼着那一叶归帆在江水的尽处浮现。分离的那一天也是秋分的前一天，从那时起，留给一位母亲的思儿长夜更加漫长。

唯有清凉如水的月光年复一年地照亮长江两岸。一轮明月不只是用来寄托思念的，更是用以祭拜昊天的。王公凡民莫不将秋分祭月看得如此重要而神秘，从先秦之古而至此年。

月光透过车窗抚在身上时，我的心里一片清明，在心里那片静水上映出一幅幅清晰而温暖的画面。画面里有一处矮矮的墙头，有院里一方小桌，一位满脸虔诚的老人正对着高天之上的圆月一个接一个地磕着头。

画面里还有一个孩子，手里捧着一个月饼，飘着铁锅烙出的香甜，孩子也仰望着高天圆月。

旧时明月带来不一样的秋意。来自大唐的秋月照在与贾岛齐名的周贺身上，他所忆起的是夏日的友人，"夏天多忆此，早晚得秋分"，是夏日里的欢聚盛景让此时的秋凉孤独有了更深的体会。他之所以过早地感应到秋分的凉意，也许与他终年不得志有关吧。

他选择依居于名山大川而至终，应是月下清吟的最好归宿。当后人读到"旧月来还见，新蝉坐忽闻"时，我可以想见周贺眼中的暑寒时序在山间是如此飞快地流转，让人分不清是秋夜月色融进了昨夏蝉声，还是梦里蝉鸣回荡在前朝月照。

与蝉鸣、雷声一起收声的还有宇下的蟋蟀，以及准备钻入深土避寒的百虫。金秋之气，除了所获谷物的金黄之色，还有阳气日衰的金刀之利。

一个小小的村庄，在长长行旅一闪而逝，村外的一台播种机也一同闪退，我仿佛听见了似隆隆雷声的机器长鸣。也许在我追不上的村景飞退中，还有一位老农正扶着一架木耧，将黄澄澄的麦粒埋在二亩良田。

在看不真切的想象里，我可以想象着老农的眼神中有对一粒种子的喜爱与期待，有对地里某只贪吃伏虫的厌烦与无奈，盼望着秋天的余温能温暖萌芽，盼望着秋天的清冷能肃杀害虫。

秋风掠过乡愁时，总会留下无限的诗意。以布衣终老于故土的北宋谢逸虽然两试均不第，但他不附权贵、修身砺行，于草履乡间绘就"金气秋分，风清露冷秋期半"的田园美景，成就了江西诗派临川四才子、花间词派传人的文坛美名。清凉的风、冷洁的露便是他虽处于贫寒，却品格峻洁的自我写照。

在秋分的凉月光影里，谢逸与乡中贤士共议古人厚德之往事，共叙"凉蟾光满，桂子飘香远"之乐事，尽情陶醉于时时飘送的远香里。而他自己亦

在永恒的月光里，在浩远的银汉间，飘送着缕缕墨香。

当此日耕月吟之时，昼漏五十刻，夜漏五十刻，故曰"日夜分"。用刻度可以知道时间的长度，不知道用什么度量可以标记阴阳参半的"寒暑平"，是躺在土里的麦粒，还是与麦粒一起躺在故土的诗篇？

此时，火车正停靠在故乡与他乡的交汇点。我自己也于秋分的节点停在离乡与归乡的中途。

屋头明月上，此夕又秋分

弯腰播种的农人将麦种撒进秋分土地的同时，也以俯身跪拜的姿势祭拜着高天秋月。

我于生活中患得患失，于前进中找不到方向时，常会细细思量一句话：把自己的一颗心供起来。此时，说这句话的人就坐在对面，以月光一样柔和的笑容与我相对，一如没有一丝杂云浮尘遮蔽的清秋朗月。

他的话是转述于他的老师的。至理至深的言行如恪守着"秋分种麦正当时"的农人，谨心相沿，不敢错过一天，不敢错失一字。沐浴在同一月光下的所有人吟思着同一句"屋头明月上，此夕又秋分"，心里怀着同一个祈愿。

借助宋末元初杨公远的画笔，写诗与读诗的人共同描摹着秋分里的收获与憧憬，因有了屋上的明月秋光，这幅收获的美图更加清晰。秋桂的香影与冬麦的远景一起交织出"桂树婆娑影，天香满世间"的人间桃源，此刻的诗人与诗人笔下的树麦正一起置身其中。

诗人，农人，在此夕秋分，他自己也分不清自己的身份。让他迷醉的是麦粮所酿的"三杯酒自醺"。

一只细小的爪臂将美酒桂花麦香的所有味道通通揽入洞底。还是这只坏户的蚩虫，顺便将洞边细土齐齐归拢，直至把透过洞口的最后一缕月华彻底封藏。

我坐在他家的客厅里，喝着一杯润心的老枞红茶，环顾房间的细节，看似随意布置，却应是他的精心而为。陶罐里斜倚的一束黄麦干穗、窗台上横卧的两个长圆南瓜，他用这一个个细节将自己封藏在一片温馨天地间。

一起封藏的还有茶桌后面的满壁书香。在茶香与书香里，他可以安然享受着秋渐深、冬将至的漫长日子。想一想这样的生活状态就让人心生温暖。如果还觉得少了什么，那就是南宋陆游笔下的一只蟋蟀了吧。

那只蟋蟀已经离我如此之近，"蟋蟀当在宇，遽已近我床"，有了床下这只蟋蟀相伴、罢官东归、晚年蛰居的陆游，其诗风变得质朴沉实，朴简如蟋蟀的单调哼唱。透过蛰居的秋窗，可以看到"饮酒读古书"的一份淡远，可

以看到"且复小彷徉"的一份清旷，这些画面都是一位老人的真实生活写照。

　　屋里的人比一只秋虫更容易满足，"岂无一樽酒，亦有书在傍"。当蟋蟀满足屋角的避秋暂居时，对于住宅简陋的人，一壶酒、一本书就让他如此知足，并怡然自乐。

　　所有浮华都退归简朴，连同一池秋水涟漪也在秋雷收声中归于平静，退现出干涸的河床。

　　与一卷画轴放在一起的是一枝干枯秋荷，它们以此种状态将过往的风景风干久存。书桌上是新画的一幅残荷，墨色是简单的浓黑淡黑，简单的颜色却也分出了如此之多的层次。

　　赏着荷叶，看着新画，听他讲习画心得，我若有所得，又若有所失。映日的荷花已如昨日容颜，记得住、留得下的却唯有陪衬的荷叶。虽怅然，却因这怅然而有了北宋柳永的慢词，"此去经年，应是良辰好景虚设"，越是繁华的盛景，越容易化为往日的虚幻，太多人纠结此般幻景而不自知。

　　明知虚无，终是难以放下，痴情如柳永之人，痴情如三变之词，"杨柳岸，晓风残月"，苍凉秋风吹干了堤岸杨柳，吹落了一地残月，却吹不干脸上永远也流不干的离愁别泪。痴情人眼中的秋伤成就了令人忘不了、抹不去的凄美之景。

　　在这个冷落的清秋，痴情人永失所爱，读诗人永得佳句，"多情自古伤离别，更那堪，冷落清秋节"。万千人得到的比一个人失去的更多。

将秋天一分为二的秋分、期盼有情人终成眷属的中秋，两种情感的融合赋予了这个日子以非常的意义。

说起屋中摆设，我好奇于他为何对田间物事情有独钟。他说，他原本就是从田间走出来的村娃，直到现在，他的童心还生活在原来的村庄，住在城市里的只是他外在的身体。是一条城乡公路将他的身心一分为二。

他的父母、他的乡亲还在乡下，在每年的重要日子，比如中秋节，他是必定要回去的。等到他回城时，总要带回乡间的种种，哪怕是一把自家院里的干枣。带回来的还有一个往日少年的种种梦忆，那里有"天阶夜色凉如水，卧看牵牛织女星"的乡情亲情等太多情感。

用乡物寄托着乡思的人就像那位晚唐诗人杜牧用星光寄托着情思，凭着深刻记忆与深深情感，用一支画笔续画着一个个细节，让那幅"银烛秋光冷画屏"的清冷画面，并且融进了几分暖色。

夜色越深，温差越大。从这一天开始，夜将更长，昼将更短。

当此晚稻将收获、冬麦播种的时节，跟随一位老农的急步，追随满天星辰的恒光，把一颗朴华之心埋在乡土，让经年的星光照亮回家的路。

十七、寒露

岁晚虫鸣寒露草

九月的寒露离凝结成霜只隔着一片黄叶陨落于地的距离。行行离雁不会等到寒露将绒羽湿透，便匆匆开始了南下的长路。

我站在斜阳里，站在雁阵下，等着一封回信。虽然发送一条微信的时间、打开电脑邮箱的时间短于一滴冷露滑落黄草的瞬间，但我还是一天一天地盼望着，盼望着一封牛皮纸封藏的纸笺寄回到这里，像鸿雁一下一下地挥动着翅膀，抵达南国的另一处家园，在它们长途跋涉的终点也有一份等待。

或者长空里的雁阵变幻便是信笺上说不尽的话语。居于沅湘、崇师屈宋

的唐代诗人李群玉，在满目寒露的路口写下"远忆天边弟，曾从此路行"。交游甚广的李群玉所思忆的是遥无归期的天边兄弟，他所期待的地方正是他们曾经挥手分别的地方。

他在北风里的凝望也像即将成霜的寒露一样，即将凝成一个斜阳里的固定背影。"九江寒露夕，微浪北风生"，北风卷动着微浪时，他也如此强烈地感到自己的鬓角已被寒露打湿，即将染霜。

与鸿雁一起消失的还有往日的欢雀，鸿雁飞向遥远的南方，欢雀飞入海中永化为蛤。当然，"雀入大水为蛤"是遥远先民的猜想，他们只是用此表达对宇间噪雀的纪念。

我所纪念的人已经融入了遥远的城市，有了那个城市里的一份工作、一个家，唯有在信中的字迹还烙印着一份拳拳真情，如同永化为蛤的家雀，那一道道羽纹不曾消失。

也如雁阵记着归路，在一封回信里，离开时的每个细节，包括门前的一棵老榆树、树下某处传来的寒虫低鸣，都记得清清楚楚，一遍遍地问起这个近冬深秋与往日有什么不同。我也盼望着那只海蛤会再变回家雀，在露侵低檐的某个早晨，叩响那扇旧木门。

太多的情景只能出现在被寒露浸湿的梦里。长于怀古、生平被收录于《唐才子传》的刘沧还清晰地记得临别对饮的一幕幕，杯光夕影里的"岁晚虫鸣寒露草，日西蝉噪古槐风"一起被他写进了"去住情深梦寐中"。所怀念的人，所怀念的事，因为太久、太深刻，已经深深印记在每夜的长梦里。

使人心惊的梦中虫鸣岂止是声声增添了对友人的怀想，更多的是一位白发苍苍的老进士对自己的慨叹。暮色晚露中的人自吟着"对酒不能伤此别，尺书凭雁往来通"，将满目的伤情寄予雁阵经过的寂寥天地。

西天升起的弯月也被满地的凝露侵入丝丝寒气，清冷的月光似提前洒落的银雪。夜愈深，露愈寒，白昼的余温被深深的夜色吞噬殆尽。

我想，冷冷的月色应是见惯了人间别离的。它似要用更澈亮的眼睛看清那滴凝露里到底凝进了多少人的伤别与苦等。它的清冷也似要让月下的人留一分清醒，让我知道离去的人终将归来，哪怕是拖着一副病躯，甚至是一抔黄土。何止是月下的人，月下的脉脉山影、月下的静默长河、月下的眼中所见都为迟迟未归的人在等待。

又有谁不会在露寒月白之时，触动深藏于心的寂凉？与杜甫齐名、晚唐最具影响力的诗人之一许浑尤其是对于水、雨有着特殊的伤感。所以，他眼中的月色与露水比别人更多了离伤。从"风槛夕云散，月轩寒露滋"的独语里可以想象出一个人倚轩怅思的孤影，槛外的凄风、亭外的冷月都为那抹孤影增添了凄冷的氛围。

以"许浑千首诗，杜甫一生愁"留名的许浑，写尽了人间的苍凉伤逝，他也怕故人归来之时已是"病来双鬓白，不是旧离时"，那些逝去的年华终是无法再追；即便有再次重聚，心境也早已不同于往日。

梧桐的疏叶、寒塘的残荷遥送着西沉的心宿二星，又等着北方的虚宿，孤单地挂在冷夜。

我知道，愈亮的月光和寒夜里闪动的星光正与那行雁阵一起替我来往传递着一页页信笺。也许在明天醒来的寒露晨光里，我会收到一个人归来的消息。

清香晨风远，溽彩寒露浓

寒露的等待是在等待采收棉花的人。"寒露不摘棉，霜打莫怨天"，慈怀上苍等着采棉花的人把最后一茬雪白收进满怀的温情。

我把一张薄薄的荣誉证书递到她手里时，她像接过当年的一枚戒指一样，眼中闪着激动的泪光，心中激荡着万千话语，说出来只凝成一句："我就相信你能做到，因为我一直在等着这一天。"

为了这一天，她等待了太久，也付出了太多。但再久再多，她都认为这是值得的；也因为有了她的这份执着，让我和她一起在秋寒弥深的日子里，等来了一份岁月醇香。我和她也不约而同地再次吟诵着"清香晨风远，溽彩寒露浓"，共品着风中的清香，共赏着属于我们两个人的风景。

这样的清香如同"唐宋八大家"之一的柳宗元笔下的芙蓉一样，越是在寒露时节，越能散发出沁人心脾的馨香。

我仿佛看到那个被贬永州的文学家、思想家在哲学、政治、历史、文学诸多领域的刻苦钻研，在积极心态中游历山水，与当时的才子士人共同写下"留连秋月晏，迢递来山钟"这样的诗句，他的政治失意并没有影响其陶醉于花香秋月，也并没有影响他写出史上留名的《永州八记》。

那行南去的雁阵何尝不是流连于寒露的华彩？一直等到那滴露水离凝寒成霜只有一条江水的距离，它们才匆匆踏上行程。

我递给她的又何尝不是一张出发的车票？她在那些守候的日子里忘了出发，不是忘了，是习惯了在我背后默默支持、默默奉献，把所有的机会都让给了我。

声声雁鸣，提醒着她已不再年轻，如果再不出发，就失去了最后的机会。当她在一张白纸上写下第一行文字时，如同寒露里挥动的美羽，为我而压积的梦想在这一刻起飞。我希望，她此时出发还不算晚，我还可以用一句"早鸿闻上苑"陪伴她笔下的山水行程。

漂泊中的唐代诗人皇甫冉也在担忧着时光不待，他也怕晚了行程，怕诗中的人"颜色年年谢"，怕等到老弱之时，再不能展现如羽华彩。随年华一起流逝的还有"事逐时皆往"的世事变迁。那些不可预知的未来更让他在雁声里听出了几分急于到达远方的迫切。

比那双翅膀上的美羽更华美的是覆在高垄上的心叶，在它们亮晶晶的眼睛里蓄藏着一个个甜美的硕大薯块。等着寒露的薯块，其甜度达到最高，也最迫切地等着采收之人。

　　她把那张证书放在早就准备好的玻璃相框里，然后摆在书架的最高处。深秋的阳光在金灿灿的饰纹上折射着光华，让一个个文字和那枚鲜艳的印章在炫目的光环里变得模糊。

　　只有她最懂得这份收获的非凡意义，因为只有她与我共同走过那些初春的乍寒、走过盛夏的暑蒸，然后走到层林尽染的深秋，所有走过的路、所有的苦与乐都因眼前的收获而变得珍贵。我、她和与田间劳民同乐的唐代韦应物手里都捧着一块硕大甜薯，都共醉于"野田寒露时"，都在收获的甘甜里成为最幸福的人。

　　田间的苦与乐成就了一位山水田园派诗人，纵然贫困到没有回京之资的地步，勤政爱民的诗人还是欣喜于民间的"烟火生闾里，禾黍积东菑"，他们的富足亦是他的富足，他们的日常烟火生活亦是他的诗意生活。他始终把自己当作一个乡间耕者，并乐此终生。没有此般心迹，就决不会发出"终然可乐业，时节一来斯"的情真之语，在他眼里，每个季候的崭新变化都是值得尽情书写的人间华章。

　　还有那么多动人的颜色没有在这位诗人的多情笔下呈现，比如色泽明艳的九月蟹黄，比如寒露装点的"菊始华"，有了这般丰富多彩的颜色，谁还说深秋的冷风只有萧瑟的意味？

　　她把一个精致的日记本放在最醒目的地方，让封面上的葳蕤镀上了一层

炫目的金黄。我知道，她又把此刻的最美心情、把深秋的最美景致用娟秀的笔迹恒久地记在了新的一页。

我再次一页页地翻看日记本，一行行记录的每一刻喜悦都是她的丰厚馈赠。那位唐代边塞诗人王昌龄已经用"紫葛蔓黄花，娟娟寒露中"写尽了寒露花开的娟美，写出了我心目中的最美容颜，我已找不到更恰当的词句来表达、来描述了。

被誉为"七绝圣手"的王昌龄将更深远的意境、更深切的情意留在一片朦胧里，留下了一句"女萝覆石壁，溪水幽朦胧"，留给世间有情人的是一处亦真亦幻的远方，那里有清凉的溪水，有温柔的女萝，还有爬满岁月的石壁。

在远方，在由凉转寒的物候催促下，采集着寒露茶的人与采摘着寒露桃的人拥有着同样的甜笑，在同一时空里重叠。

为了一个人的等待，为了一片原野的等待，在一滴寒露的凝望里，听从着雁阵的声声催唤，再次整装出发。

十八、霜降

霜叶红于二月花

肃杀之气愈重的寒霜，百草难逃其杀，唯有枝头的红愈显其贵。

那一藤叫不出名字的红爬满了临街的一扇窗。走过窗下时，那位叫不出名字的老人正满眼笑意地望着窗外，像一束深秋的暖阳，照进路人的心里。天天如此，一位老人与绿了又红的繁叶、与路边绿了又枯的杂草、与窗外的所见组成了画面里的固定背景。

与霜染红叶相配的也只有历经风霜的老人。年轻时已负才名的晚唐诗人杜牧在枫林中写下"霜叶红于二月花"这样的诗句时，他的功名之心早已老去。二十六岁即进士及第，本该有着无限光明的前途，却不知什么原因，后来被迁官外放，数年之后才被调回，这样的经历正如那一句"远上寒山石径斜"，充满了霜寒的远路，弯弯曲曲，崎岖难行。

他的劳心也是在此时飞向了"白云生处有人家"，这处人家所指的也许就是他祖上留下的樊川别墅吧。在这里，他以文会友，度过了无忧无虑的晚年。

傲霜的菊花之所以偏偏选择在深秋里绽放，似乎是想给身边的枯草、给那些萎黄的生命带来金黄的生机。

在我即将走远时的回望里，老人的老伴将一束明艳的菊花放到窗前的罐头瓶里。老人的笑脸，笑脸里的红叶，立时变得更加生动起来，让整个深秋和深秋里的冷霜都有了明亮的颜色。小小的菊花刚从野地里采回来，每一朵都努力地绽放，每一片叶子都支棱着耳朵，听着一对老人低声的絮语。

一朵菊花就是专门为一位老人绽放，让沉沉暮年有了新的光彩，何况这是一朵开在重阳佳节的霜中傲菊？生于两宋之交的陆游由菊花而思国命己身，咏出了"霜降今年已薄霜，菊花开亦及重阳"的诗句。是光彩照人的菊花让一位屡遭排挤打压的郁郁诗人有了这一刻的喜不自胜；应是菊花的傲霜风骨与他敢谏直言的忠心风骨产生了共鸣，才会让他如此见花生喜。

在看到"老夫亦与人同乐，醉倒何妨卧道傍"这样的话语时，我们仿佛看到一位老人在暂时得以重用或是看见了抗金胜利的一丝曙光时，是那样无比欣然，是那么想找一位知己一醉方休，哪怕醉倒在路旁菊下，也是一件乐事。

气肃而霜降，蛰虫亦伏醉于深穴，在即将到来的长冬里，长眠不愿醒。忙碌不止的百工，暂时得以休养生息，像蛰伏的小虫在堵补着小家的寒窗破洞。

很快，摆着一束野菊花的小小窗户，溢出幸福笑意的一对老人就隐伏于鳞次栉比的楼宇间，找不到那扇窗、那对老人在偌大城市中的位置。近冬的风摇落了枝头的最后一片黄叶，吹折了路边倔强的一株野草。还好愈重的霜气、愈深的暮秋侵不进安然终老的厚窗，一对老人永远生活在自己温情而超然的田园里。

侵骨的寒霜，世事的无奈，都不会影响一种超然的心境。七岁即赋诗、被赞为千里之才的北宋黄庭坚一生几番大起大落，但丝毫未影响其攀登上诗书双绝的文化顶峰，他眼里的霜降，看不到百草的凋零，而是"霜降百工休，把酒约宽纵"。

不流于世俗名利、不迷于身外高官厚禄的黄庭坚唯愿百工得休、百姓得养，他站在了尘世之外，又以悲悯的视角俯视人间，在这样的心境里，他才会成为盛极一时的江西诗派开山之祖，与苏轼齐名，世称"苏黄"，才会在书法上独树一帜、境界一新，成为"宋四家"之一。

气肃而凝，露结为霜。在不同人的眼中或悲或喜，而在一只捕食的饥豺生存轨迹里，只是出于一种发乎本能的意念，履行着"祭兽"的神秘仪式，祭天报本，感谢着上天赐予自己的生命和食物。

而此时的先民也贮存了足够越冬的食粮，也准备着一场盛大的祭天仪式。此时的我们正感恩于一束阳光、一个笑脸、一束野菊花的赐予，尤其是在这个草木黄落的秋寒时节。

风落木归山

被寒霜扫落的黄叶总是要眠归于树下的这片土地。霜降节气里的"草木黄落"是一场草木的归乡仪式。

当我走近那棵老榆树时，一片叶子正悠悠飘落，落在我脚下。一位老人正从村那头走过来，和遇到的每个人热情地打着招呼，只是他的声音有些虚弱，在我听来，如同黄叶落地般轻不可闻。

老人经过我面前时，端详了半天，还是没有认出来我，但我认识这位老人，我也是从父辈的口中得知，他是提前办理了病退回到老家养病的。看到他以如此虚弱的病躯行走在乡间，让我想起了"霜降水返壑，风落木归山"这句略带凄凉的诗句。

只有到了这般处境，才可以回归乡土，才可以放下所有，回归一种自然随意的生活。世间能有几人似唐代伟大的现实主义诗人白居易一样，将六七十万钱布施于洛阳香山寺，早早地将自己的身后事安排妥当。"去国固非乐，归乡未必欢"，在这位综合儒、佛、道三家思想的诗人看来，常人眼中的故乡未必是最好的归处，他将自己的去国置于霜叶红遍的香山。

让那片黄叶凋落的，让满山枫林红染的，不是肉眼可见的白霜，而是悄悄侵入叶脉里的近冬寒气。月夜里的寒气凝成霜降的冰针，也钻入枯白衰草的身体。

我从老人的病情问到了老人的离乡经历，在短短的几句话里，几十年的光阴就这么飞逝而去。时光带走的还有他曾经的踌躇满志和他的强健体魄而他带回来的只剩下被风雨寒霜侵蚀后的一副空空行囊。

那些寒气与病痛其实早已侵入他的身体，只是到了今天，才以此种病态爆发，逼着他不得不停下奔波的脚步，回到这里放慢了生活节奏。此时方觉已迷失了太久，如同唐代刘长卿般"秋深客思迷"，深秋的阵阵寒意，让漂泊为客的人愈增心中的迷茫与失落。

在外漂泊的人都是过客，回到这里后，才是自己的主人。走到任何一家门前，都可以感受"无劳白衣酒，陶令自相携"的自然随意，在这片家园里，身心是完全放松的，可以卸下所有的面具，以坦诚之心相待，以率真之语相言。

可惜他的身体已不允许他痛饮陶园美酒。但他依然可以享受一幅幅醉人秋景，这样的秋景在家家户户门前随处可见。

将单薄的身体深藏在土里的蛰虫像一身病痛的人裹紧暖衣，把余生裹藏进一个小村庄，开始了一个悠长的梦。在它的头顶，那些干枯的秸秆正被连根拔除，另一只蛰虫的长梦被打破。

苍白而稀疏的短发从老人的口罩边缘露出来，手臂上的苍白皮肤也在手套与衣袖的空隙间隐现，他尽可能地把自己包裹得严严实实，他的身体已禁不住寒凉气温的微弱变化。

蛰虫想借助头顶的薄叶增加一丝温暖，而老人想借助薄薄衣衫挡住继续侵袭的霜寒与病痛，却显得那么无力与徒劳。薄衣薄叶如同唐代诗人、宰相武元衡的无力安慰，他在秋寒里送予友人的只能是"暮色秋烟重，寒声牖叶虚"。

一位铁血宰相尚不能改变自己被刺杀的命运，又怎能给友人更多庇护？他所在官场高层也是处处"寒声"、重重"秋烟"。这样的生存环境让他不禁发出"上苑繁霜降，骚人起恨初"的感慨；不只是他，任何人面对此景，都不免心生愁苦。

古今多少人把归田闲居作为躲避秋寒的选择，渴望如白云般栖落乡间，却发现，久无人至的老屋已是衰草满地，那一声"白云深陌巷，衰草遍闲居"，读来是如此孤寂与凄凉，丝毫没有归逸的闲情与温暖。

满树红彤彤的柿子选择在霜降前后成熟。它们是红红的灯笼，照亮诗人与病人的回家之路；它们也是上好的药材，可以验证"霜降吃丁柿，不会流鼻涕"的老话。

我又目送着那副病躯如寒叶般在街巷里飘远，飘向那处向阳的墙根下。那里正有几个晒太阳的村中老者，或蹲或站，将手缩进袖子里，有一搭无一搭地闲话村事。他们的脸上都泛着同样的霜染深红，如同某家门前敷霜的红柿。

　　树上最后一片叶子被秋寒扫落时，那些沉甸甸的果实还高挂枝头，像守着墙根的村中老人坚守着村庄深处的微温。在他们身上还能找回村中旧俗、找回邻里旧情，这种朴素自然如唐代杜审言的"旧俗坐为邻"，透过诗句，可以听到熟悉亲切的乡音。

　　哪怕回家再晚，也会融入这些旧邻之间，像一只从野外归至老宅的蟋蟀，在唐代"近体诗"奠基人的诗行里跃动着"蟋蟀期归晚"，跃动于"降霜青女月"，跃动在一缕缕霜发之间，跃动在一条条霜月长路之上。

　　霜降发出的无声号令从一片黄叶传到了四方游子，又传到了四野八荒、世间万物，令所有生命都默默听从，顺应天道。

　　在秋天马上结束、冬天马上到来的霜寒里，我要趁着身心未老，为自己寻一处避寒居处，莫要等到寒气侵骨、病躯残弱，才想起远处的安暖。

第四章

冬

一年之终，万物收藏，蛰虫在冬寒里长眠，谷物在祈祝里归仓。雪落纷纷，有人吟咏着雪中的寂寥与豪情，有人感叹着雪中的屋寒与衣单。小雪又大雪，小寒复大寒，在一枝蜡梅远香里，庆贺着旧岁新年的更迭。

十九、立冬

方过授衣月，又遇始裘天

冬之古字，为终，是四时之终，是忙碌之终。始冰的河流、初冻的田亩也到了该休息的时候。

一本厚厚《诗经》快看完时，门外的西风又转了北风，从窗隙钻进来的瑟瑟寒风恰好吹在了那一句"九月授衣"上，还有那一句"一之日觱发"也跟着瑟瑟而抖。立冬时的一个"觱"字与紧闭门窗的"闭"同音，与天地闭藏的"闭"同意，寒风过处，万物噤声。这样的日子适合守着厚书里的丰足食粮，在文字里取暖。

厚书恰似厚絮，足以抵御呼呼作响的烈风。生于两宋之交的陆游，特殊

的家国经历使其兼具李白的雄奇奔放与杜甫的沉郁悲凉,哪怕居于蜗室陋巷,他也能以"方过授衣月,又遇始裘天"这样的诗句暖世,他所衣之裘便是背后的满架文章、身前的熟宣香墨。

初冬里的微暖足以让人心里产生无限幸福,在"寸积篝炉炭,铢称布被绵"这样的怡情闲趣里,我们可以感知到,充满爱国情怀的陆游并不是终生处于忧愤之中的,他也是热爱着、珍惜着生活中的小小馈赠,他的内心也是充满了知足的。

一层薄冰模糊了长河上的羽影。"雉入大水为蜃",在古老的文字里,宁愿相信五彩的雉鸡在立冬之日化作了水底的斑斓大蛤,而且有着与雉鸡同样的美纹。

一个缝制冬衣的女子依旧在《诗经》里忙碌不止,而我的视线依旧无法从那条御寒的围巾上离开。围巾是深青的安静暖色,简单的纹理掩不住细密的针脚。虽然那个冬天来得太早,却因有了一个人亲手织就的安暖,门外的深寒才不会侵入漂泊在外的身心。一针一线将两颗彼此取暖的心织进了长之又长的围裹,长过接下来的漫长冬天。

没有御寒之物的人,又有哪个冬天不是来得太早?经历了南宋之亡,又经历了元朝仕途的郁郁不得志,在仇远"肯信今年寒信早,老夫布褐未装棉"的诗句里流露出对自身命运的感叹。他所忧郁的有粗衣单衫,有冬天的早寒,但更多的是所剩无多的余生——五十八岁才被任命以溧阳儒学教授，不久却又罢归。由此而见，"老夫"的自谓是透着多么无奈的自嘲！

他只能将内心的苦寒寄予山川草木，"小春此去无多日，何处梅花一绽香"，他自喻梅花，盼望着苦寒中的冷香永存，他也隐隐透出几分退隐之意，想让自己的梅香绽于无人知晓的世间某个角落。

纵然贵为天子，在立冬将至之时，也是先想到贫孤之安暖。立冬之日，在迎冬于北郊之后，悯恤孤寡。先有迎冬，后又有拜冬，皆有一衣之关切。

愈寒，而愈知情重。虽然自从那年冬天以后，我们从未再见过面，甚至连电话也越来越少，但你对我的那份厚意，我从未忘记。尤其在这个冷过往年的冬天，我可以更深切地体会一双手织就的厚度与温度。有了这样的厚度，那扇单薄的门可以围护起一方安静的书房；有了这样的温度，像一个小火炉置于案侧，伴我度过执灯夜读的佳境。

呼啸的北风更衬托出屋内的炉温。宋代紫金霜，一个名不见经传的诗人，于寒窗苦读之时，于自己奋发向上之身，借来一团暖气融融的炉火，于此妙境，他才能写出"拟约三九吟梅雪，还借自家小火炉"这样的佳句。有此心境，哪里会惧门外的"西风渐作北风呼"？一缕偷偷钻进来的霜寒恰可又妙成一句"门尽冷霜能醒骨"。

渐厚冻土下，蛰伏眠虫正沉浸于悠长的梦境。醒着的人唯有进补温阳，守住己身之炉，方可与蛰眠之虫一起不被冰寒所侵。

长河与大地进入长长眠梦时，适合把自己裹进厚被里，在橘黄的灯光下，读一本翻不完的厚书，读一份长相忆的深情。

天水清相入，秋冬气始交

立冬是开始与结束的交点。立是悠闲长冬的开始；冬是忙碌一秋的结束。

经过一张办公桌时，桌边的几个人正谈论着中午吃什么馅的饺子。我问她们为何想起吃饺子，得到的是同一答复是：今日立冬。原来如此，我的嗅觉记忆里不禁泛起融融暖意。

好吃不过饺子，好受不过倒着是父亲斜倚着炕头柜时说过的话。说这话时，他正夹起盘子里的肉丸饺子，手中的酒杯在他的悠然自得中摇晃。饺子，交子，在秋冬的交点，反复咀嚼着"天水清相入，秋冬气始交"，这是一位早岁出家之人在立冬之日的行吟。

对于这位经历过牢狱之祸的南宋释文珦来说，秋冬的交替让他更加敏感，尤其是在高空流云与清冷静水融为一体之时，看到那幅"饮虹消海曲，宿雁下塘坳"的景色，更让他想起自己的宿眠之处。自号潜山老叟的老人，连同那本诗集，一起在那个冬天遁迹于山林，像流云融入静水、宿雁隐于塘坳般无迹可寻。

连同那只奔走在田间的野鸡，也在立冬来临之前，悄悄遁走。它也想和炕头上的人一样，藏在某个暖窝里，享受冬闲的日子。

一个熟悉的电话号码飘送着浓香的热气，在临近中午时不断闪现着，像是催促着回家的声声召唤。虽然我忘记了今天是立冬，但想着我的人，不会忘记冬寒来临时的这个节气。

当来到她的小店门前，我看到了"今日歇业"几个字。难得她为了包一顿饺子，休息一天，是为了我俩。也难得我们在各自的忙碌里，于这小小蜗居里共同有了这一刻"篱门日高卧"的忙里得闲。

我们的得闲比那个刚刚考取功名就逢宋亡乱世的陆文圭容易太多。他对于避世墙东的闲居生活是无比珍惜的。当独自吟着"黄花独带露，红叶已随风"的旷达淡然时，朝代更迭中的创伤似乎离他远去，如同被霜寒侵袭的红叶，在风中飘远。

因为有了这处安适的村居，所以几次高列榜首的陆文圭才会力辞朝廷授予的官禄，继续着"边思吹寒角，村歌相晚春"的平静日子，潜心著成《墙东类稿》二十卷。

在一位捧着新获粮食的先民看来，立冬的"食瓜祭先"仪式比两个朝代的更迭交接要重要得多。从有了这一祈望佑护的仪式开始，立冬就变得无比重要了。

我纳闷儿她怎么那么清楚地知道立冬的日子，她说，从她的祖母到她的母亲，每年的立冬都是要非常隆重地包一顿瓜馅饺子的。她也不知道为什么要包饺子，只是一辈一辈地这么延续着。

面是用地里新收的麦子磨成的，瓜也是自己房前屋后种的，不知道什么时候，她的父母从老家送来的。在她的巧手中，只是一会儿，一个一个秀气的饺子像一瓣一瓣的冬日黄花竞相绽放，恍若宋代钱时在立冬前一日看到的那片"惟有黄花不负秋"，一直开到了今日桌前。

那片黄花是在钱时讲学归来时闪现的吧。这位绝意科举的奇才应是于"纷纷红叶满阶头"的秋末冬初之际，受右丞相之推荐，而得宋理宗召见，被特赐进士出身，授以官职。这位融堂先生还是像归落于立冬的红叶一样，"园林尽扫西风去"，西归于蜀阜故里，创办书院讲学，才有了后来的淳安书院。

一位天子所授予的不只是对野贤的青睐，在更远处，还有一碗肉羹的与民同庆。"秦岁首"，立冬曾经被作为普天同庆的岁首新年。

没有酒，她端来的是熬了半天的小米瘦肉粥，比古人庆祝立冬岁首的欢宴美酒更加暖意融融，更加滋补冬阳。热腾腾的饺子，稠乎乎的香粥，这样地幸福，这样地真实。

我和她都愿意把立冬作为一年的总结与开始，都愿意安然地享受这别样新年，什么不去想也不去做。像诗仙李白醉时所言"冻笔新诗懒写，寒炉美酒时温"一样，只愿长醉于往日回味，不用说，不用写，只是懒懒地享受红红的炉火。

此般意境里的时间是那么慢，慢得那么不真实，恍然间，月光爬上了窗台，恍然间，醉得那么深，"醉看墨花月白，恍疑雪满前村"。浪迹天涯、游遍山川的青莲居士也是在不为人知的内心深处有着一个静雪归村，那里有照亮游子归路的明月，有窗前久久萦留的一段墨香。

万物收藏的立冬因有了丰足的贮存，才有了一缕缕团聚的炊烟，才有了一声声宴饮的欢庆。

确实该犒劳一下疲惫的劳身，尤其还要用这一副劳躯去抵御整冬的寒气。今天的所有热量与能量贮备都是为了在下一个春天绽放出更加灿烂的色彩。

二十、小雪

寂寥小雪闲中过

雨下而为寒气所薄，故凝而为雪。小雪来时，刚刚踏入冬天的门槛，从此，更长的冬天被关进了门里。

记不清已经有多长时间没有像今天这样——只有我们两个——在整个午后的奢侈时光里，只是用来闲侃。那些闲散的话题如门外闲散而落的飘雪。在行人哈出的热气里，半空里的小小雪花——或称之为雪粒——还没有触碰到地面，就似乎要被消融。

漫无边际的思绪随着漫天飞舞的小雪，落在了我们坐上的同一列火车，落在了我们到达的同一座城市，落在了我们为各自生活而奔忙的下一个路口，落在了我们忽然想起对方的那一瞬间。

也只有在小雪浅覆了忙路的日子，或者是在无所事事的闲寂时，我们才会忽然想起有这样一个朋友。曾是南唐后主驾前重臣的徐铉也只有在院中小雪之时，才会抬起伏案已久的劳躯，苦吟一声"寂寥小雪闲中过，斑驳轻霜

鬓上加"，抒发自己寄身北宋的寂寥。洒于庭前的浅浅一层银白像悄悄爬上鬓角的华发，让人不由得生出年华虚度之感。

在他的眼中，小雪除了寂寥，还有深深的落寞，不管是"征西府里日西斜"，还是"算得流年无奈处"，本该诗情画意的冬来初雪，在一位前朝遗臣的眼中，带着莫名的忧伤。

阴气沉于地，闭塞而成冬。第一场雪为大地盖上薄被时，麦苗开始了自己的闭藏长眠，为醒来的丰年蓄积力量。

我们说起彼此的近况，说起不曾见面的这段日子里各自的努力与收获。我们就像两棵冬麦，生长在两块相邻的麦田里，明明知道对方就在不远处，但是，我们都太忙，忙着在一座城市里扎根更深，忙着为明天的美好生活积蓄着一天天的微获。我问他，一般什么时候有时间？他说，就像今天这样的日子，可以难得休息一下。

薄雪阻闭的长路暂时延缓了一个人在路上奔波的时间，让他有了片刻的清闲，今天这份清闲又是在为明天继续奔波储备力量。

对于期待一份清闲的人来说，恰好可以在此时赏一场覆藏喧躁的雪，享

一份天地纯净的静。品性高洁的唐代诗人张登于无波无澜的仕途之中，于未觉寒意的小雪时节，闲吟着"甲子徒推小雪天，刺梧犹绿槿花然"，表达着一份闲逸心态。即便到了入冬时节，在他的闲看里，也只看到绿绿的刺梧、未曾凋谢的槿花，他是故意忽略了冬寒带来的萧索物候。

张登的思绪还长久地停留在江南任职之地，他感受到了上天对自己的眷顾，在"融和长养无时歇，却是炎洲雨露偏"这样的诗句里，特别眷顾着江南的雨露，似乎也是特别体恤老身的君恩吧？

小雪的雪花除了将一种别样的姿态展现给人间，还要将冬天的消息转告给人间。雪量还不是那么大，大地刚刚开始封冻，人们还有时间在气温渐降时做好御寒准备。

他出神地望向城市的天空，视线随着不愿停歇的小雪而划过一座座高高低低的楼宇，划过一张张看不清表情的脸庞。他满是憧憬地对我说，也像是自言自语："等我再奋斗几年，在这里有了真正属于自己的家，就不像现在这么拼了。到那时，我们天天坐在这里赏雪闲饮。"是啊，趁着还年轻，我们就该为悠闲而优雅地老去做好充足的准备。

老去的时光离现在还很遥远，还那么模糊。南宋高僧释善珍亦被闽浙山林水乡的秀美风光所感染，以一个诗人的视角，在小雪里吟出"云暗初

成霰点微，旋闻蔌蔌洒窗扉"之美辞。他在古稀之年仍过着苦行僧的生活，这让他的诗比俗世诗人更多了几分沉郁而性灵的意境。

簌簌而落的妙雪洒在不闻世事的寒窗前，洒在心无杂念的清梦里，让一位诗人"梦锦尚堪裁好句"，也让一位苦修高僧"鬓丝那可织寒衣"。释善珍的诗也像他的为人入世一样，洒脱俊逸，不然不会有"起唤梅花为解围"之句，唯有梅花最懂他的心。

小雪飘落于北地，让汤汤大河渐渐平息了声息，在没有完全冰封的细流间，还可以趁着这番雪景，欣赏初冬的别样风情。

我们互相约定着，等着搬进新家的那一天，一定要来一场说走就走的旅行，看看各地的风景，好好享受一下生活。说着这些话，看着外面的雪，感觉时间过得那么慢，汽车在路上慢慢地驶过，一位老人正在孩子的搀扶下，慢慢地走向马路对面。此时我们的心情又何尝不在旅行的路上？这一个雪日的旅行胜过万水千山。

随时随地都可以为自己设计一次旅行。南宋爱国诗人陆游正是因为生活于两宋的沉郁里，才更让他渴望这样的闲心之游，"会当乘小雪，夜上剡溪船"，他希望将这次驾船闲游安排在忽然而至的小雪，安排在万籁俱寂的冬夜。

或凝为微霰，或落地而化，仪态万方的小雪可遇而不可求，或者在不同的人眼里，变化万千。

趁着一场小雪还未停，在这个未至深寒的时节，或者用闲下来的双脚，或者用漫无所求的双眼，走进雪落的天地间，与雪花共舞共游。

小雪已晴芦叶暗

小雪落于冰封大地，不再那么快地融化，让空气中的寒意又增加了几分，也让冻土的厚度又增长了几寸。

我抖落发梢、肩上的几片雪花，在愈显安静的咖啡厅里寻找，目光停留在一个不显眼的角落。在喧嚣褪尽的小雪里，她像是故意要把自己封藏起来，就连脸上的表情也是如此平静，像雪花无声无息地洒落，为大地覆上单纯的薄薄白色。

我们的目光相遇时，如同一片雪花与一片褪尽颜色的冬叶相遇，没有特别惊喜。礼貌地握手，像和其他人握手一样自然，感觉不到一丝特别。

没有温暖的冷雪漠视了人间的悲欢离合，将所有的情感冰封。与韩愈、

王涯等同时登科的中唐诗人陈羽，史册中没有记下他的太多生平，只留下了他与友人的诸多唱和之作，读到"小雪已晴芦叶暗，长波乍急鹤声嘶"这样带着凄冷的诗句时，可以想象到，这应是他与友人离别时所作。冬天的晴日并没有将小雪融化，也没有扫去芦叶上的积雪暗霜，耳边所闻亦是凄冷的鹤嘶。

与凄冷离别相伴的是孤独的等待。"孤舟一夜宿流水，眼看山头月落溪"，孤独的雪后冷夜里，只剩他自己面对冷洌的流水，天边的孤月亦是毫无情感，在他的无奈分离里即将沉落。

一寸寸向地底侵入的寒气封藏了万物的生机。不管是枯白的野草，还是病菌虫害，都埋藏于渐厚的冬雪。

我们从彼此的眼神里看到了生活的沉淀，曾经的青春激扬早就被平淡的日子消磨殆尽。像第一场小雪落下时，大地就隐伏了生机；从我们知道彼此都已组成家庭那一天起，再相见，眼神里就不会泛起微澜。毕竟年轻的冲动就像夏秋的热烈，它们终会过去，我们所面对的更长日子是像长冬一样地久久潜蓄，像雪路上走过的每一个普通人，过着普通而平静的日子。

白雪似棉，却不能像棉衣一样可以取暖，虽对过往带着种种不舍，却无奈岁月不待。宋代李重元的生卒事迹同样被雪寒所掩隐，所幸那组四季轮回的残词还能在《全宋词》里惊鸿一现，可以在雪花飘落的长空，听见"天外孤鸿三两声"的无处所归，可以在青灯寒窗的冬夜，感受"独拥寒衾不忍听"的无人可语。那份从所有感官侵入的冷意只有他自己体会更深。

就连本为雪中生的梅枝也禁受不住这样的冷寂，"月笼明，窗外梅花瘦影横"，在如刀冷月里消瘦下去，如同那张在雪月里消瘦的脸庞，瘦得只剩下窗外一抹清影。

雨遇冷化为雪，雪也将在未来的日子复化为雨。"小雪雪满天，来年必丰年。"或雪或雨，都滋养着那些冬麦和一切活命的庄稼。

再谈起那些年轻时的荒唐，她和我都不禁莞尔，总不愿相信那是曾经的自己。但也有一种淡淡的甜蜜悄然浮上心头，又爬到脸上。还好我们有过一段像雪花飘过的浪漫，让走过的人生有了如四季的精彩。我想，如果没有了那些美丽的片段，就如冬天没了落雪，那还能叫作冬天吗？如果没有今天的冷静，就如四季没了冬天，还能称为四季吗？我们都是飘在故事里的雪花，共同有过飘落过程的美好回忆，是美好的回忆滋养着平淡生活里的浪漫。

转过身，再次相遇时，看似冰冷无情的雪封万里其实深藏着万物峥嵘的

春天。宋代集文学家、书法家于一身的黄庭坚，其诗法度严谨、说理细密，他眼中的雪落更带着超脱俗世的冷静，"满城楼观玉阑干，小雪晴时不共寒"，在淡泊名利的黄庭坚看来，小雪不是寒冷的，他不同于凡人所看到的是小雪之后的晴日暖景。

如果要问小雪不冷之因，还要从"润到竹根肥腊笋，暖开蔬甲助春盘"中找到答案，无论是身处少年名扬天下的荣光里，还是置身无端被贬的底层里，都毫不影响他那份乐观淡然的胸怀，在冬寒里看到春天的希望与喜乐。无怪乎苏轼评价黄庭坚之诗超逸绝尘，独立万物之表。

以超然物外之眼观物，方可存一份无悲无喜之心。小雪不只是带来了孤寒，气温下降，天气干燥，正是加工腊肉之佳时。天地寒暑运化之机是为了成全所有的世之所存。

我们站在雪后的街头，像重新站在另一个故事的起点。看向对方时，又发现了一场不一样的人生。接下来的故事不似多年前的不可预料，眼前的路被车轮轧出一道清晰辙痕，一直延伸到另一个拐角。我相信，在某个拐角处，我们还会相遇。

自己的心便是四季的主宰。一个出家后改名无可的唐代诗僧，这位与贾岛、周贺齐名的诗家、书家，在俗间的山水里，一次次相遇着雪与风、云与寒，"片片互玲珑，飞扬玉漏终"，那些飘无所止的玲珑飞雪恰似他游踪不定的行走，并于行走中飘洒着片片如雪的名诗佳句。

　　身化一缕风、一片雪，在一份清寒里，我更清楚地看着眼前的世界，哪怕落于尘埃，也要落在一枚不肯枯腐的叶片上，用一份同样的冷寂享受一场别样的风景。

二十一、大雪

夜深雪重折竹声

农历十一月，至此而雪极盛。于是寒号鸟在极寒处屏息噤声，同一场大雪中，一株名为荔挺的兰草在阳气微生时，悄然萌出无形新芽。

唯有这极大极盛之雪方能将所有尘嚣归于至静。在雪落时的极静处，我们可以听到一株草的微动。

漫天雪舞的静夜，适合三五知己饮一杯封藏经年的陈酒，让一缕温热在窗外冰雪间游走。若似唐代白居易"绿蚁新醅酒，红泥小火炉"所言，有一泥炉置守于旁，则让雪夜的陈酒更多了诗意之味。

同一片雪花飘舞在唐朝，飘落在新乐府运动倡导者的香山居士窗前。同

样想起远方挚友的白居易起开了留存许久的酒坛。一坛新酒专为此夜而备，专为挚友而等。那个名叫刘十九的人大概听见了"能饮一杯无"的远邀吧。因为大雪时节，此情此景，他们记不清曾经对饮几何。

不是小炉的炭火，是手机屏幕上亮起了一条短信，来自一处篱院，一个远友。只是短短几个字："此雪夜，当对饮。"有太多的话不用说，就像无边大雪封藏了颜色，就像自酿浊酒蕴蓄了深谊，遥寄一杯酒、一句话，就已足够。

除了自酿的老酒和应时的飞雪，抚慰这两地相知的应当还有为年节备下的腌肉吧。大雪之月，离故园的年节最近；亥月由此尽，子月由此始，原本于结束与开始节点上的大雪，即是处在相聚与分离节点上的故园之年。

想在天地纯白之间寻找通向那处篱院的幽径，重赏那场飘落在年终岁首的大雪，无奈身后的那些足迹被层层积埋，在炫目的灯光里，不知不觉已走得太远，已找不到我们相聚与分离的路口，找不到你我心中共同的乡路。不知道享誉清朝第一词人的纳兰容若行走在茫茫雪天中，是不是也在寻找着一条故园归路？

此时，他心中的故园一定有位知己在等着他，彼此千里相知，才让他可以在默吟着"风一更，雪一更，聒碎乡心梦不成，故园无此声"之时，用来自远方的心灵相通安抚沉寂这一更又一更的无眠愁绪。此时的无声胜却千言，穿越万里，"山一程，水一程，身向榆关那畔行，夜深千帐灯"。一程又一程，前路的千盏万灯，盏盏都似你我的彻夜长谈，更似照亮你我遥远的归家之路。

夜深雪重，屋掩地圻。寒气在冰层下蔓延，封锁着寻找归途的潜流，一层又一层。万里冰川，千家无声，凝成一幅无限延长了时间的雪夜图。

眼前所能做的唯有独酌静享眼前这杯酒，轻轻触摸着冰雪长卷里的每一笔细致勾描，倾听着纯白雪落，像那些对饮无言的情景一样。此刻，雪落的声音如你的手指打下那几个字的声音，如开在彼此心中的初花，沐于雪舞时的欢呼。

长夜将明，雪犹未止，大唐白乐天亦未眠，还复咏着"夜深知雪重，时闻折竹声"的那份沉寂。他也是一个人空对着雪窗雪酒的，不然，不会将院中折竹之声听得如此真切，厚雪压断空枝的无奈与深寒阻断归来聚饮的无奈如此相似。只是，以乐天为字的他，在这样的无奈中，还能静静体味出夜深雪重里的一份空明，这才有了"复见窗户明"这样让人眼前一亮的诗句，他用此般空明透照着所有沉寂下来的心情。

一抹更亮的纯白爬上低低的窗台，像又一重雪落，像又一抹晨曦。眼前的一杯酒仍然温热，等着一片飘过千里冰川的雪花带来远方的归步。

天地无私玉万家

大雪，无论是从雪落的时间，还是从雪积的厚度，都达到了最大。这样的大雪可以将大地上的所有杂色全部覆盖。

从这座老式办公楼的最高层望下去，大院里晚走的几辆车被一场大雪盖上了厚厚的暖衣。通向大门的那条路和路旁的落叶都被深藏在一片雪白里，包括出了大门更远的路都是一片纯净的雪白。

我和这个办公室的主人一起站在雪花纷纷的窗前，欣赏着天地间的一片宁静。此时的他不是一个领导，只是一个老朋友，在品茶赏雪中，无私无求，坦荡心宽，像明亮月光下的无瑕静雪，眼前映照出"天地无私玉万家"的人间仙境。

心无杂思，方能看得见这般仙境，方能写得出如雪纯净的诗句，似宋末元初诗人黄庚。在他的诗里，只有"自掬冰泉煮石茶"，方对得起心中的那片澈净天地，对得起"江山不夜月千里"。以四处湖海为家、"发平生豪放之气为诗文"的黄庚，在心里、在眼里，有着自己的千里明月，有着自己的白雪如玉。

无私的大雪为越冬作物盖上厚被时，听见了幼苗的安然酣睡。那层厚被会一直等到它们在天暖时醒来才融化。

他拿出一沓底稿，一页一页地给我看他写给女儿的诗，从她刚生下来就开始写，写到跟着她的母亲生活，一直写到现在她有了自己的家庭。一个个情感激涌的文字像厚雪下的青青麦苗，如此鲜活动人，直抵心扉。

他说，这些诗还从没给女儿看过，尽管女儿已经原谅了他与原妻的离异，与他重新开始了亲密往来。他不想打乱她的生活，不想为她增加任何物质与情感负担，她在电话里的一声问候就让他觉得，这是上天对他的丰厚回报，让他在冬日深寒里，感觉到了方回笔下"寒空无树不开花"的无限美景，每一片雪花都是女儿最动人的模样。

天下父母心如铺天盖地无处不在的雪被，暖护万家儿女。元朝诗人方回也享受着这份短暂安世中的暖护，于倾轧官场、混乱战场之外，暂安于"映楼横过三千丈，接屋平铺十万家"的无边雪景中。此般景致可以让他暂时忘却被厚雪封藏的遍地疮痍，可以让他想象出天下百姓盛世安居的美丽远景。

这样的暂安在动荡社会中也尤其珍贵，深怀感恩之情的诗人才会"聊举深杯答岁华"，最应答谢的是岁华赐予人间不同季节的惊喜，只是在带着感叹的笔触中，也听到了诗人的一丝惘然——他是怕眼前的静好转眼就会失去。

"小雪腌菜，大雪腌肉"，家家户户在大雪的厨间忙碌，都是迎接新年的

惊喜。这份惊喜要靠时间来沉淀。

刚刚出院不久的他对于生死，对于人情，有了更深层次的认识，用他自己的话说就是，这次能有惊无险地度过危险期，全是自己冥冥之中的福报。最重要的一份福报就是他曾经帮助过的一个人，为了他的治疗，辗转找到了一位国内的顶尖专家，手术才会做得如此成功。

还有太多人、太多事让他感动不已，让他更清楚地理解了患难之情的真正含义，他的感动泪光里有着抑制不住的惊喜。他也惊喜于自己，在从生死边缘回来后，还能"如今好上高楼望"，站在重生的新起点，也站在生命的新高度。

在这样的高度里，大雪的风景也变得格外美丽，像晚唐那位"落雕侍御"——既有诗才，更是将才的高骈，站在统领万军、镇守一方的高度，才会在漫天雪舞里，生出"盖尽人间恶路歧"的别样豪情，他此刻的胸怀胜过天地间的茫茫大雪，有着气吞山河的壮志雄心。

如果把朝廷的每次嘉奖和提拔视为一位将军的惊喜，那么他在惊喜中所见的"六出飞花入户时，坐看青竹变琼枝"也应视为是他的福报。此刻的福报来自他少时的苦研兵书，为人严谨，勤于问学士人；此时的琼枝专为苦尽甘来、志得意满的将军而绽放。

大雪中的美景封藏于沉睡的梦境。在表面的寒冷中，来自地底的阳气正在悄然孕育着微温。

　　我在他的手机屏保上看见了他那个咧着小嘴大笑的外孙子，每次拿起手机时，他都可以触摸到那张粉嫩嫩的小脸。虽然我不能体会到隔辈人之间的特殊情感，但在他滔滔不绝说着小家伙的一行一动时，我能看出他眼角眉梢溢满的喜不自胜。

　　那是无垠大雪中的绿芽，是无边父爱中的一代代果实，是让生活充满希望的幸福源头。这种希望与幸福也可以上升为生活的态度与信念，北宋黄庭坚能将寒风大雪写出"风回共作婆娑舞，天巧能开顷刻花"的春天韵致，这样的视角与心胸也只有书法与文学都达到已臻化境之人方可拥有，方可写得出、画得出。

　　莫问今日挫折与付出，待看明日新阳又升，一路洒脱地吟唱着"夜听疏疏还密密，晓看整整复斜斜"的流寓江汉之人，这位诗书大家丝毫不以贬谪为意，还在为慕名而来的士人们讲学不倦、指点文章，为大宋文坛孕育着颗颗新星。

　　大地铺开了一望无际的雪白宣纸，任一位千古之才随性挥毫。大雪之月，正值亥月的结束、子月的起始，天地一切都恢复了最本初的模样。

　　从眼前飘过的每一片雪花都是上天赠予世间的最美礼物，一层又一层，在茫茫无边的原野上就有了取之不尽的琼花白玉，任你我随时取用，随时带来无穷无尽的美好遐想。

二十二、冬至

亚岁崇佳宴

"冬至一阳生。"温暖的未来总是深藏在严冬里，就像一年的结束，同时又伴随着新一年的希望。

我们正听着她的创业故事，一大盘刚煮好的饺子端了上来。腾腾而上的热气笼罩着她看不出年龄的表情，就像讲述着别人的辛酸与成功。在这个不太冷的冬至，我夹起一个薄皮大馅的饺子，咸香的味道迫不及待地飘进那个故事里。在曾经的故事里，在曾经的冬至，这样的一顿饺子是如此奢侈。

无论是怎样结束，或忧或喜，走到这样一个节点，都要以充满希望的心情开始。文学、佛学、茶学皆有造诣的唐代皎然，这位超脱于尘世之外的高僧在面对冬至这样的重要日子时，亦抑制不住内心的欣喜，与知己欢聚宴饮，

畅吟着"亚岁崇佳宴，华轩照渌波"，这样的波澜泛动在眼前的茶盏里，泛动在大街小巷的欢声笑语里。

所有的欢乐都需要有一个可以共同分享的人，"从公惜日短，留赏夜如何"，相聚的欢愉在冬至那一轮不愿落下的暖日里扩散，一直扩散到不愿散去的寒夜。心里满怀着一份期待，希望留住友人的离步，留住短短的白天欢聚与长长的深夜欢饮。

冬至是值得庆贺的节点，周历的正月新年就是从冬至开始的。一元复始，寒暑的轮回，此处又是起点。

她给我们看手机里的照片，是前段日子刚照的全家福。坐在中间的一对老人穿着大红绸褂，笑得眼睛眯成一条缝。她将老母亲的寿宴安排在自己的酒店里，也是自己的家里，让老人更惬意地享受天伦之乐。我想，她是想用这样的方式让老人更直接地分享她的成功，而她的成功又何尝不是为了老人、孩子、一个大家庭呢？那张全家福里的每一个人脸上都是同样的喜庆，心里的所想所盼也是向着同样的方向。

心里充满着喜悦，眼里的任何所见都是新的吉祥祈愿。且看南宋"中兴四大诗人"之一范成大的一句"著意调停云露酿，从头检举梅花曲"，从这样乐观的诗句中可以体味到，无论生活经历怎样的起伏，他都淡然处之；无论身处何境，他都可以从头开始。

在晚年闲居的范成大看来，一年之始的云彩是充满了安舒适意的，"新阳后、便占新岁，吉云清穆"，在他的占卜祈望中，以后的时光还会有很长。读着平易浅显、清新妩媚的诗句，可以与这位继承新乐府现实主义精神的诗人一起感受着这个世界在新岁之始的欣然表情。

只有自己知道冷暖喜乐。蚯蚓遇冷而蜷结，看不见的地底阴寒与温阳互消互长，表面所见的终是有限。

那些曾经的甘苦，那些过去的荣辱，只有她自己能品出真实的味道，我作为听众，只是选择性地听到故事里的欢喜。我感叹着这个高大上的酒店，其前身竟然只不过是一个小小的饺子店；我不会体会到，一个柔弱女子肩上的双重压力——一边苦苦支撑着街边的小门脸，一边面对着婆婆身患绝症、筹钱治病的绝境。

我感慨着一个女强人只靠一盘普通不过的饺子创造着商界的奇迹；我不会体会到，一个身为家中老大且品学兼优的学生，为了弟弟妹妹的前途，自愿辍学下海，从十六七岁就在商场里拼搏。她是那条冬藏蚯蚓，将所有的脆弱藏在别人看不到的地方。

明知深寒已至，却始终不肯放弃挣扎或拼搏，坚持着原本的自己。宋末那个名叫汪宗臣的诗人两中亚选，却因宋亡而誓不为元朝官员。他在与朝代的抗争中，也是在坚持着自己的信念，"冷中温，穷时达，信然哉"，越是面临着故国已亡的绝境，越是相信自己的坚持必然会有结果。

他自比梅花，哪怕只开一枝，也要开出自己的傲骨，"官路春光早，箫落数枝梅"，明明是冬至的极冷时节，他却看到了路边的春光，他所见的春光来自冷傲绽放的梅花，孤傲的梅花绽放着他的前方希望。

古语云："冬至之日，先王闭关，商旅不行。"有了这样的借口，可以暂时停下忙碌的脚步，可以暂停思考家国之事。或者可以像先王一样，只是虔诚地祈拜上苍，顺从天道自然的指引。

吃一盘热气满屋的饺子，和家人共同享受隆冬的温暖。不论那颗漂泊的心走多远，在寒冷的日子，注定要回到最初的家园，在这里找到久违的依靠；也不论那颗疲惫的心有多累，咬一口烫嘴的饺子，听一声亲人的祝福，所有的付出都是那么值得。

寒风吹日短

冬至的太阳想用距离人们最近的方式多为人们送去一份暖意。阳光直射到南回归线的这一天，白昼最短，黑夜最长。

从长相到举止都像个大男孩的邻座新友，大大咧咧端起离她最近的满满酒杯，凑近了嘴边，深深嗅品着，又缓缓放下。她不无遗憾地说，大冷的天儿，来杯白酒最暖和了，可是咱现在不能喝了。

她又笑着向众人解释，自己刚做了一个恶性肿瘤的手术，医生反复告诫以后不能喝酒了。她一副如同说着别人故事般无所谓的样子。

原来她的明天有可能像一句"寒风吹日短"诗句那么短，像冬至日的白天那么短。然而她的笑在冬至深寒里又是那么温暖、那么平静，"风浪与云平"，她的名字就叫云平，是做完手术后，她给自己起的笔名。

她的命运起伏又归于平静，在相隔千年的冬至节点，与幼时顽皮、年少优游、仕途坎坷的杜甫有着某一段相似。忧郁的杜甫在临古叹今之时，也发出一声"维舟倚前浦，长啸一含情"，像喝下一杯烈酒般，将胸中郁结的寒气一股脑儿地驱散殆尽。他也想在这一声长啸中，将眼前的古迹与未来的余生都寄予一叶远逝的扁舟。

一支忧国忧民之笔在一张"九九消寒图"上点上一抹绽放的晴红。数着进九的日子，每一天的晴阴雪风都有了意义非凡的兆示。

我问她从前的酒量如何，她不无自豪地指着那个三两酒杯：这么大的杯，三四杯一点儿事没有！众人一阵叹服地笑。她又有些释然地端起酒杯旁的那盏红茶："现在咱只喝茶了，得了病才知道，原来喝茶比喝酒更有意思啊！"

她的崭新生命状态从这里开始绽放，如同第一朵寒梅，在一九的第一天

绽放。我可以想象到，待到九九冬寒消尽时，她面前的茶必是"万点雪峰晴"，必将满目花开、春光灿然。

数九的花开，茶中的绿叶，在心胸豁达的李白眼中，展示着更加旺盛的生命，"一条藤径绿"，这一片蓬勃的绿通向盛唐五绝与七绝同臻极境的高度，诗之巅峰只有他一个人。

故地重游的李白用"未洗染尘缨，归来芳草平"的身心舒泰向被俗尘染身的人们昭示着，这处山川，所有的山川，都在芳草如茵中等着他归来。

平复身心是冬至最好的养生之道。"君子安身静体""奏黄钟之律"，对于冬至调养的重视被记录在《后汉书》中。

席间，有人谈论起今年的经商艰难，有人谈论着明年公司将盈利多少。我注意到，她和我一样，对这些话题没有一丝兴趣，她只是淡淡地品着茶，无视旁边的热烈气氛。

尽管她曾经也把一个小企业经营得风生水起，但从这个冬天开始，那些被她放弃的负累都与她无关。她把所有精力都放在调养身体上，不是刻意地调养，而是把心里积压的所有外物全部放空。她是彻底悟透了"门外事，何时足"。

拖着一副病躯的不独是她，还有同样遵行着冬至养生之道的南宋范成大。透过轻松随适的诗风，可以如此近距离地看到他闲逸自然的安居之态，他既能说出"休把心情关药裹"这样的浅白之语，又能赋得"寒谷春生，熏叶气、玉筒吹谷"这样的雅致之文。

选择怎样的生存节奏与所在的环境无关，与所处的位置无关。眼之所观，耳之所闻，静心中有了恬淡的诗意；无论在何时节，都能"但逢节序添诗轴"，即便是在冬寒渐深时，也能写下新的诗篇。

万物生命的开始与结束都顺应着时节序变。冬至祭天的远民礼仪是向天神人鬼祈求着年年的国泰民安。

一本装帧讲究的文学集被她双手捧到我面前，封面上是蓝天白云的静好。

她说起出书的初衷。医生说出"四年"这个生命时限时，她听成了"四月"，反复与医生核实后，她觉得自己赚大发了。为了报答上天对她的赐予，在从手术室出来的那一刻，她就萌发了为自己出书的想法，找最心仪的出版社，找最好的印刷厂，用最好的纸张，她不想给自己留下遗憾。

没有几个人能像她这样，在那样的境况下想到出书，"何人更似苏夫子，不是花时肯独来"，有些事正如苏轼诗中所言，确实比生命的鲜花更重要。

世人难懂的北宋大文豪苏东坡，这位集书法家、画家于一身的旷达之人用凡人的眼光去揣度，人们决不会知道他在"井底微阳回未回，萧萧寒雨湿枯荄"的冬至独游中，在一座少有人至的吉祥寺里寻找着什么。

冬至的另一个解释是"日影长之至"。被冬日无限拉长的寻觅身影里，他、她所在的白昼似乎也被拉长。

数着天数过日子在冬至表现得如此明显。九九长冬，仿佛很长，但放在短如白昼的生命里，又显得那么短。

二十三、小寒

小寒天气蜡梅香

小寒之后，就到了"冰上走"的最冷三九。冷气积久，便有阳气生发于腊月梅枝。

我们已喝过了两泡陈普，由内而外的暖热从心里蔓延到额头。轻缓的叩门声响起，似被小寒冻藏的茶块在青盏里融开的碎语，茶会的主人笑称，肯定是温文尔雅、最暖心的长兄来了。打开门，一束干枝梅先伸了进来，那些素雅的小小白花簇拥着齐齐绽放，细枝已干成红褐色，而花朵绽放时的热烈却被长久地保留，可以开到腊月里。

一盏茶因一束花而多了深冬暖意。南宋诗人杜耒在远客冒寒来访时，亦

用新煮的沸茶与绽放的梅花表达一番厚谊，"寒夜客来茶当酒，竹炉汤沸火初红。寻常一样窗前月，才有梅花便不同"。

驰骋沙场的杜耒也可以用烈酒表达这份炽热的情谊，但他还是觉得红红的炉火、袅袅而升的茶语更符合他与客人的诗人身份。还有窗外那枝傲寒的梅花，似是专门为了客人而绽放窗前，让他们可以诗月相酬，共醉于似酒暖茶。

比远客更远的南雁于北方寒梅的绽放里，听到了春信之暖，于是它们踏上归路，开始书写着题为"雁北乡"的一封家书。

长兄淳厚的笑脸在温暖中绽放。主人的惊喜表情让那些永不凋谢的小花看起来愈加精神。是长兄把主人说过的话记在了心里——主人曾经问起，在田间地头生长的那种小花随季节而变幻着花色，是不是叫作干枝梅？每每想起那些小花，就让她想起儿时的野趣，想起与童年故乡有关的所有人和事。开在故乡的熟悉小花现在就开在她的手中，此时，她脚下的土地就是那处田埂。

长兄说，这些干枝梅是他闲走到村外麦地时，在沟边发现的，于是就赶紧折了下来。长兄不是地道的农民，却比田间老农更懂田间农事，他能很肯定地告诉我们干枝梅与花柴棵的区分、皮皮菜与车前草的口味，在他的感知里像有个开关一样，可以如此快速地在城市打工族与扛锄下地人之间转换。他的骨子里还是更想做个日出而作、日落而息的田园耕者。

一个安暖的家在小寒来临时愈显珍贵。与白居易共同提倡"新乐府运动"的元稹，幼时家境贫寒，但凭着天资聪颖、刻苦用功，十五岁即实现两经擢第。其时的小寒，对于他来说，意味着一飞冲天之前的蓄势。"小寒连大吕，欢鹊垒新巢"，年轻的元稹也想在仕途上施展自己的抱负，在唐朝政局中发出自己的"大吕"之声；同时，他也在步步高升之时，迎来了自己的终身大事，有了一个可以避寒的"新巢"。

在前途一片光明时，元稹才会发自心底地吟唱着"莫怪严凝切，春冬正月交"，朝堂上的派系争斗并没有让他的意气风发受到丝毫影响。他想趁着自己青春年少，趁着春冬之交的大好时光，用一己之力改变此刻的身外环境，让天地之间焕发出一番新景色。

两只雉鸡对着冰上走过的一行足迹，互相应答着。那行足迹能够感应到藏于苇根旁的生命存在，亦相信它们在整个冬天不会离开，守着属于自己的领地。雉始雊，此时的叫声只是为了提醒一个时节所至。

茶会主人喜滋滋地握着干枝梅，来到茶案前，插到一个民国柳莺瓶里，与那几枝似羽欲飞的芦花，还有去年收藏的麦穗，一起继续充实着茶会内容。在这一瞬间，这些眼前的生动让我们同时拥有了四季，也让不同年龄、不同性情的我们在它们身上找到了自己。面对着一束永不凋零的小花，还有舞动

不已的莺羽柳枝飘香麦田，谁还会固执地认为，数九小寒是萧索单调的？

且尽欢，心里装着阳光的人，又何惧身外的严寒？北宋诗人喻陟于元祐年间登上政治舞台，在旧党当政的时局下，他隐隐体察到了革新力量的萌动，于是便用"未报春消息，早瘦梅先发，浅苞纤蕊"来表达此刻心中的暗喜。耐寒先发的瘦梅悄悄向人们报告着春天的消息，虽不像迎春花开得那样热烈，但哪怕是小之又小的花苞、细之又细的花蕊，也带给人无限的希望与激励。

春虽未至，胜却春花。早发的梅花令诗人喻陟难掩欢欣，一边高吟着"且频欢赏，柔芳正好，满簪同醉"，一边与三五知己尽醉同欢。

小寒的滴水成冰反衬着屋里的炉火正旺、花开正香。心里装着炉火的温阳，装着花开如春，哪怕走在冰天雪地里，也不惧接下来更冷的大寒。

我们记不清，经年的陈普经过了多少泡，但滚水冲进紫砂时，汤色依旧泛着亮红。我们都像是醉了，脸上也泛着同样的红晕，也像是被炉火烤红的。茶温抑或是炉温，一路长送着我们走进小寒里的春暖，走完人生的四季。

冬宵寒且永

小寒胜大寒。胜过大寒的不是小寒的冷，而是对小寒的重视；站在小寒的节点，就站在了真正寒冷的冬天里。

我走近那处橘黄灯光，还没有看清大锅前来回走动的人影，一团团热气裹挟着玉米渣子的甜香就远远地迎了过来。站在似乎要冻掉下巴的冷夜里，闻到这样的味道，仿佛又回到了那个冬天里的村庄。

那点橘黄，那团热气，还没有把天边的寒星赶走，寒冷的冬夜还是那么长。一位名叫王维的盛唐诗人在这样的长长冬夜里，无数次地吟咏着"冬宵寒且永"，一直吟到"朱灯照华发"，东方天际还是没有泛起一抹亮白。

说不清这位诗画全才是在叛军攻陷长安，还是自己被下狱时，苦诉着长冬愁恨。曾经半官半隐的他隐隐听见了"夜漏宫中发"，一声一声，时间过得如此之慢，在他听来，分明是一种煎熬中的焦虑。

经不起漫长年华等待的，除了"草白""木衰"，是早年有着远大志向、却值政局变化而变为消沉的无奈。是"汉家方尚少，顾影惭朝谒"的无奈，然而又因此造就了一位"诗中有画，画中有诗"的千古之人。

消沉之心需要一处寄托。"三九补一冬，来年无病痛"，要驱散小寒里的极盛阴邪，需要借助那一碗暖身热粥，也需要畅达乐观的一种养心情绪。

橘黄色的工服亮度胜过了屋里灯光，上了年纪的环卫工人将工具车停在门口，说笑着走进这间免费早餐屋。他们的身后正升起一抹红霞，和他们走进暖屋时脸上泛起的红光是一样的颜色。

听说今天免费早餐屋专门为他们多准备了茶鸡蛋，那些老人脸上的红光更加灿烂，拿着饭盆的满是冻疮的手颤抖得更加厉害。在小寒料峭的日子里，一个鸡蛋就让乐观的他们如此知足，就让他们心里的春天提前到来，有了一

处"一番春意换年芳"的春景。

写下如此乐观诗句的是性格坦率的金代王寂。生活在一个朝代的鼎盛时期，让他的诗文多了闲适情趣。让人难以想象的是，他笔下的"蛾儿雪柳风光"是北方的严冬。二十几岁就考取进士第的王寂因为胸中藏着炽热的报国情怀，所以才会畅抒一番"开尽星桥铁锁，平地泻银潢"的豪情之语。这样热情如火的豪情本就属于年少如狂的年纪。

心里有了一团火，接下来的日子再冷也不再畏惧。月初寒尚小，故云小寒；有了渐寒的冬，才会有渐热的夏，正常的时序循环本该如此。

看着环卫工人吃得格外香甜，我问分发着大白馒头的义工，老人每天这样免费吃喝，是谁来承担这些费用呢？穿着红马甲的义工很快说出了本地几家企业的名字，还有很多捐助者的名字她已记不清了。

这些一天天弯腰弓背走过四季的老人本就该得到这样的一餐之足；他们为我们扫净了脚下的路，我们为他们提供一份微不足道的暖胃食粮。当下暖世，需要这样的正能量循环，让严寒中的昏花老眼看得见"南枝一夜阳和转"的春日暖报。

期待着春阳暖枝的南宋张榘是在"春小寒轻"的物候里，同时怀想着曾经建立的功业。他也没有太多的奢求，不然不会有"功名做了，金鼎和羹，卷藏袍雁"此般释然的神态。他也曾经"甲兵百万出胸中"，但在此时，只是像一位普通老者一样，羹食之报就已让他满足。

　　顺时而安，顺应小寒节气里潜藏的阳气，听从"冬天动一动，少闹一场病"的俗语至理，调动身体里潜藏的阳气。

　　一位老人在吃完两个馒头后，又回来继续领。我暗自感叹着，老人的好胃口远远超过了我这样的年轻人；这样的好身体也应是清晨劳作的赐予。

　　老人们用一生闲不住的劳作换来的身体健康比年轻人的刻意锻炼更实在、更长久。像耕忙于田园的南宋范成大，在田园劳作中留下了经久不衰的《四时田园杂兴》六十首。

　　他在十年闲居里，也是享受着每个清晨的赐予吧？"结束晨妆破小寒，跨鞍聊得散疲顽"，借助身体的疲劳能散去心念里的疲思。因为有了"行冲薄薄轻轻雾，看放重重叠叠山"的行走，所以才走出了近于七旬的寿终，才走出了"中兴诗人"的赞誉。

　　小寒不寒寒大寒，经历过无数次寒暑的先民总结出天道的规律，用以保身续世。一代代后人继续把这一套规律总结得更加全面而具体。

　　用来对抗小寒之寒的不是我们身上厚厚的棉衣，也不是空调里吹出的热烘烘的燥风，驱寒的秘方就藏在老人清晨挥动的衣袖里。

二十四、大寒

大寒已过腊来时

积而不化的门前厚雪，以及大河中心的坚厚冰层，为一年中的最后一个节气重重地画上了一个完整的句号。

拉开窗帘时，一缕阳光迫不及待地跑了进来，像是在躲避着这个最冷的大寒节气。沿着晨阳跑过来的方向，沿着街边一堆堆的积雪，向街道尽头望去，一根小小的烟囱里正飘出熟悉的白烟。今天的袅袅雾气似乎比往日更浓，飘得更远，像一条飘向远方的云路。

在冷到极致的大寒中，需要一碗腊月的暖粥。尤其是身在异乡，似南宋曾丰一样，更需要这样的寄托，"寄与来鸿不须怨，离乡作客未为非"，一纸来鸿的温暖就是这碗腊月的暖粥，异乡也是故乡。

　　始终寻找着一片故园净土的曾丰也为那些无家可归的寒门之士，在"大寒已过腊来时"，送上了一个永远的家。这片故园里有着"木叶随风无顾藉，

溪流落石有依归"这样的无牵无挂、无忧无虑，这是他的想象与期盼，是他的追求与践行，也是与他一样的所有同道之共鸣。

　　寒极而阳生，比内心温暖更敏感的是自然万物的顺时之候。虽然隔着坚厚的蛋壳，但是一只顺应"鸡始乳"之节候的老母鸡在这一天感受到了慈羽下的微动。

　　裹着厚厚的围巾，走在异乡的街头，走近粥香飘过来的方向。时而有一抹未化的雪白松松软软地半陷了前步，像走在润土松软的原野。没有一丝浮云的遮挡，纯净的阳光洒在同样纯净的雪白上，眼前的一切似乎让人忘记了身处何时何地。

　　难得有如此安静而缓慢的阳光，难怪南宋方回虽七旬高龄，但还在归来路上眺望着远山冬景，而且留下了"来年七十身犹健，容膝归欤亦易安"的一份约定。

　　阳光照在心里，升腾着一份向往，就不会老去。他一边畅饮着暖躯的美酒，一边释然无忧地高吟着"肘后方多难却老，杯中物到莫留残"。于微醺之间，不觉日暮星移，他又闲看着"日躔箕斗逢长至，月宿奎娄届大寒"的物换时变。

　　只有于深寒之中，那些杂尘浮土才得以净化。草木人畜是需要这样的苦

寒的，正如农谚所云："大寒不寒，人马不安"，只有于深寒之中，耕者所担忧的稼穑病害才会无处逃遁，那长长的麦根才能扎得更深，而不是将过多的营养过早地奉献给抽穗的鼓绿。

一抬头，已到了那条厚重的棉帘前。帘隙钻出的热气沿着檐下低挂的冰棱游走，阳光在棱柱上闪着晶亮，像一双双雾色迷茫里的眼睛。这样的眼睛像田埂上望着积雪麦垄的眼睛，像站台上送着离乡行囊的眼睛，寒风无止，在迷雾里的瞬间，凝住了眼眸里的一滴温润。

天愈寒，思愈切。还是一个游子，还是风刀雪寒的南宋。幼时即经历了金兵渡江南侵之乱的陆游，一生不改抗金坚志，无时无刻不在思念着江北的故国。寄身他乡的陆游在痛呼着"不为山川多感慨，岁穷游子自消魂"之时，朝廷主和派正偏安迷醉杭州的美景，又怎么会像陆游一样，年年苦望着对岸的冰雪遍野、铁蹄践尘呢？

岁岁年年，还没追得上小寒的疾风，大寒的急步又将路边枯枝催生了几缕华发。"大寒为中者，上形于小寒，故谓之大"，用来分界两个节气的是窗外又增厚了一层的积雪，是檐下又增长的一截冰棱。

除了积雪、檐冰，还有岁月之隔，一只脚站在棉帘外，另一只脚已迈进腊月。

大寒却暖雪晴天

"大寒到顶点，日后天渐暖。"说着这句农谚的耕者正在为来年春耕蓄养着力量。

缓缓的列车"轰隆隆"驶过一条冰封的大河，像用微弱却持续的力量敲击着厚厚的冰层。安静而柔和的阳光照在河岸的积雪上，又折射于车窗前乘客的出神表情。

我站在一个大大的铺盖卷旁，没有去打扰那个胡碴儿长长的打工男人，让他在回家的思绪里得到更好的休息。是窗外的"大寒却暖雪晴天"让车里的归乡之人在旅途中多了几分安然。

行走在大寒晴天的南宋陈著，其身后留给嵊县百姓的也是一份安暖。他自己也忘记了离任时的百姓夹道相送已经过去了多少年，"笑问松边人立石，汝知今日是何年"。如今，任白鹭洲书院山长的他走在慈云寺的梅香与梵香里，安享着另一种归家之感，欣吟着"未曾到寺香先妙，底用寻梅山自妍"，于他的脚下，这条路继续通向政教并举、百姓安居。

气温降至最低的大寒不是严冬的无限延续，而是暖春的提前预告。鸟兽比人类的预感更加准确。

打工男人回头间，看见了站在过道里的我，不好意思地站起来："这是你的座位吧，不好意思啊。"我知道他太累了，又把他按回座位上。在互相谦让中，我看到他被杂乱长发覆盖的额头已有了细密的汗珠。

　　离家越近，离大寒后面的春天就越近。他说起一个地名，那里正有一个妻子领着一个孩子，在春天里等着他，他离她、离他的孩子已经那么近。有了她，有了孩子，就有了"明朝换新律，梅柳待阳春"的无限憧憬。

　　有了奋斗的目标，严冬就不会太长。少时即有才名的唐代元稹没有让其母亲等得太久，未及弱冠，就已考取功名。但是只有他自己知道，在"冬与春交替，星周月诡存"的寒暖交错中，自己付出了多少努力。

　　只有到了功成名就之时，元稹才会在母亲欣慰的目光里，享受"大寒宜近火，无事莫开门"的安闲之乐。在这样的日子里，适合自斟自饮，那位官至宰相的诗人正独自沉醉于"腊酒自盈樽"之中。

　　在冷得不愿开门的大寒里，人们往往独自盘点着这一年的付出与所得。过了大寒，又是一年。阴气至盛的大寒与对人们来说至关重要的阴历年处于年岁续增里的同一时段。

　　我听打工男人说起这一年的打工经历。他没有说那些流汗受冻的细节，只是以不易被人察觉又略显自得的表述方式，轻描淡写地说着那份高回报的工作。即便回报再高，但他还是在不经意间透露出不愿继续干下去的想法。

　　我理解打工男人的想法，他在盘点着过去一年的经历的时候，也在盘点着之后的生活，他想早日摆脱今天的打工生涯。虽然他不言在外的苦累，但我在"乃知大寒岁，农者尤苦辛"的诗句里，能读到他在岁尾大寒里的辛酸滋味。

深察民间忧苦的唐代白居易在写下这样满含辛酸的诗句时，也是深深体味到劳民心中滋味的。他在目睹"竹柏皆冻死"之时，首先想到的是"况彼无衣民"。在身处严寒的贫民心中，大寒所引发的悲凉乱绪要远甚年节至近所应有的喜乐庆贺。

身边的人在盘点辛酸，而诗人只是盘问着自愧，"幸免饥冻苦，又无垄亩勤。念彼深可愧，自问是何人"，愧于自己不用付出那么多艰辛，却比垄亩劳民幸福得多，有了这样的自愧，方有了一次次造福百姓之举。

寒气之逆极的大寒藏着太多底层的艰辛。与这些艰辛相伴的是集中于整个大寒节气的这些数不清的年俗年味，虔敬而喜庆的面容祈求着来年少些艰辛。

列车员的播报声响起，下个站点即将到达。我看见打工男人正拉开大旅行袋，确认一下给孩子买的新年礼物还在不在。他一脸幸福地对我说："孩子在电话里反复央求，想要一个学习机。"

"过年嘛，就要让一家人欢欢喜喜的。"他的话语里带着一家之主的责任感，以及对新年的企盼。列车到达的每个村庄、每户人家，都是满满的喜庆。来年春风里，所有梦想都会开花，那是一幅"东风十万家，画楼春日长"的人间最美画面。

这是北宋郑獬描绘的画面，他希望画面里的边关将士、万千难民都能在积雪寒霜里"长歌归故乡"。于大寒中一路行来，他感受着"扫去妖氛俗，沐以楚兰汤"的年味渐浓，也泛动着和百姓一样的朴素祈愿。他所祈愿的"安得天子泽"不只是恩泽自己，也是天下苍生。

最后一个节气大寒充斥着最冷的冰雪，又充满着最浓的喜悦与欢乐气氛。寒冷无处不在，晴暖也无处不在。

当我们以匍匐于地的姿态聆听远处传来的声音时，在冻得最厚的河流中央，我们听见了一声清脆迸裂，如同嫩黄尖喙的轻啄之声。